莫称之为夜晚
DON'T CALL IT NIGHT

AMOS OZ

〔以〕阿摩司·奥兹 著
庄焰 译

著作权合同登记号　图字 01-2017-2918

DON'T CALL IT NIGHT
Copyright © 1994, Amos Oz
All rights reserved

图书在版编目(CIP)数据

莫称之为夜晚 /(以)阿摩司·奥兹著;庄焰译. —
北京:人民文学出版社,2017
ISBN 978-7-02-012683-5

Ⅰ.①莫… Ⅱ.①阿… ②庄… Ⅲ.①长篇小说-以色列-现代　Ⅳ.①I382.45

中国版本图书馆 CIP 数据核字(2017)第 071990 号

| 责任编辑 | 甘　慧　何家炜　邰莉莉 |
| 装帧设计 | 钱　珺 |

出版发行　人民文学出版社
社　　址　北京市朝内大街 166 号
邮政编码　100705
网　　址　http://www.rw-cn.com

印　　制　上海利丰雅高印刷有限公司
经　　销　全国新华书店等

字　　数　130 千字
开　　本　850×1168 毫米　1/32
印　　张　8.25　插页 5
版　　次　2017 年 11 月北京第 1 版
印　　次　2017 年 11 月第 1 次印刷

书　　号　978-7-02-012683-5
定　　价　49.00 元

如有印装质量问题,请与本社图书销售中心调换。电话:010-65233595

晚上七点钟,他坐在二楼公寓的阳台上,看白昼渐渐退去,等待着。最后一抹光承诺了些什么,它又将送来什么呢?

下面是个空院子,有一块草坪、几丛夹竹桃、一把长椅和一座荒了的九重葛凉亭。园子尽头的石墙勾勒出这片空地的轮廓,封住这块空地的一排排石头的颜色比空地的色彩更新也更浅——事实上,此刻围墙石头看起来甚至比原本轻些。墙的那边冒出两株柏树。此刻沐浴在晚间的光线中,他发觉它们是黑色而非绿色的。越过连绵的秃山,那边卧着沙漠,在那里,不时有一个灰色的涡旋卷曲成形,颤着、扭着向前拖几步、吹开了、沉寂下来。一会儿又在别处重现。

天色渐暗。有几朵云静止不动,其中一朵微微映出落日的光辉。从这个阳台上看不到落日。一只鸟儿在院子尽头的石墙上发出激动的尖叫,仿佛发现了什么忍无可忍的事。你怎么样?

夜幕降临。城里四处的街灯渐次亮起，窗灯在黑暗的间隔处闪烁。渐强的风带来营火和灰尘的味道。月光给紧邻的山丘蒙上死一般的面罩，它们不再像山丘倒像是听不太清楚的曲调中的音符。在他眼里这里就像是世界的尽头。他不介意自己身处世界尽头。他已尽力，从今开始他将等待。

　　他离开阳台，进屋，坐下，裸露的双腿放在茶几上，双臂从扶手椅两侧沉沉地垂下来，好像是被拽向凉爽的地板。他没有打开电视，也不开灯。从下面街上传来汽车轮胎的轻语，接着是犬吠声。有人在听收音机，不是什么完整的曲子，只有几个音符没什么变化地重复着。他喜欢这种声音。楼里，电梯滑过他住的那一层没有停。隔壁公寓里，一个女声在收音机里念着新闻，好像是用外语，不过他也拿不准。楼梯上一个男人说，这不可能。另一个声音答道，好啊，那你别走，会来的。

　　冰箱的抽噎声静下来的时候，能听到干枯河床里的蟋蟀，它们像是给寂静打的拍子。一阵微风拂过窗帘，扰动架子上的报纸，穿过房间，掠过室内植物的叶片，从另一扇窗走了，回到沙漠里。他一时抱住了自己的肩膀。这愉悦让他想起一个真正的城市里的夏夜，比如他有一次待过几天的哥本哈根。那里的夜晚不会突然降临，而是和缓进行。曙光的面纱会持续三四个小时,仿佛夜晚努力延伸着,欲图触摸黎明。各式铃声响起,一声嘶哑的巨响,像是咳嗽声。轻柔的细雨把夜晚的天空与海峡、河道里的水波连接起来。一辆明亮的街车从雨中穿过,空空的,他仿佛看到年轻的女售票员探着身和司机聊天、她的手搭在他手上,余下的又是细雨,仿佛夜晚的光亮不是穿越了细雨而是发自其中。雨滴落在小广场喷泉的水束上,那静静的水整夜被池中的灯光照耀着。一个衣衫褴褛的中年醉鬼坐在池边打盹,留着平头的灰色脑袋沉在胸前,没穿袜子的脚裹在鞋里、浸在水中,一动不动。

现在几点了?

他在黑暗中看了一下手表,看到反着光亮的手时却忘记了问题。或许这就是伤痛转化为悲哀这个渐渐颓落的过程的征兆?狗又吠起来,这次叫得狂暴猛烈,在后院或是空场里,还有干枯的河床那边、甚至更远的黑暗中,在山丘那里,贝都因人[①]的牧羊犬和流浪狗,大约是嗅到了狐狸的气息,吠声转为哀嚎,另一声哀嚎响起应和,透骨、绝望,仿佛哀悼着不可挽回的损失。这就是一个夏夜里的沙漠,古老,冷漠,呆滞。无生无死。存在着。

---

① 贝都因人是生活在中东沙漠地区,后逐渐定居城市中的阿拉伯游牧民族。

他透过阳台的玻璃门、越过院子尽头的石墙眼望着山丘，感觉到一阵感激之情，但为了什么他并不确定。他是真的在感谢山丘吗？一个六十多岁的男人，短小精壮，农民模样的宽脸盘，一副多疑或是怀疑的表情提示着深藏不露的精明。他有一头剪得很短的灰发和一把引人注目的花白胡子。无论在哪里，他占的空间都像是比自己身体所需的要大。他的左眼几乎总是半闭着，不像是使眼色的那种样子，而是像在目不转睛地盯着一个小昆虫或是什么微小的物体。他坐着，清醒至极，但瘫软无神，像是刚从沉睡中醒来。他觉得沙漠和黑暗之间宁静的联系十分宜人。这个晚上，让别人忙于找乐吧，忙于各种安排吧，忙于遗憾吧！至于他，他心满意足地认可此时此刻，毫不空虚。在他眼中，沙漠很好，月光恰当。窗对面，两三颗星星在山丘上清晰地闪烁。他温和地宣布：现在你可以呼吸。

只有在暑热散开的晚上才能喘上几口气。又一个疯狂的日子过去了。我所有的时间都花在赶时间上了。从八点到一点四十五是在学校：两小时的文学课，两小时批改入学考试的卷子，再花上一个小时给俄国移民的孩子们，其实他们对《被放逐的神性》一点兴趣也没有。在一堂关于比亚利克[①]的课上，一个叫伊娜或者尼娜的漂亮小姑娘说，他的词汇都与《圣经》相关，他从莱蒙托夫那里得来了伤感，那些诗过时了。她继而用俄语背了几行诗，可能是想例证一下她喜欢的诗歌类型。我打断了她。尽管我对这个主题并不怎么着迷，而且忍住不这么说还挺难——要我说，神性不妨被放逐。

十一点十五分课间休息时，我坐在读书室的空调旁边准备下一节课的内容，但马上就被叫到副校长办公室，见到一

[①] 哈依姆·比亚利克（1873—1934），著名犹太民族主义诗人，现代希伯来诗歌奠基人。生于俄国，1922年移民德国，两年后移居特拉维夫，1927年开始直至去世一直是希伯来作家联盟主席。

个被一位老教师的言语惹火了的年轻教师。我对双方都表达了一定程度的理解，并建议他们互相原谅、将此事遗忘。很奇妙，这种陈词滥调，特别是像原谅这样的词，只要用的时机得当、不偏不倚，就能引发泪水、导致停战。这样无足轻重的词汇能抚平伤害，大概是因为导致伤害的也是无足轻重的词汇。

为了赶一个十二点十五分在工会会议室要开的会，我省掉了午餐，只是顺道吃了一个法拉费卷饼。我们想试着激起人们对诊疗所计划的同情。广场空空如也，被阳光灼烧着。在花坛稀疏的迷迭香丛中站着一个头戴黑色贝雷帽、戴眼镜的矮胖移民，好像昏了过去似的一动不动地斜倚在锄头上。他头顶上的太阳被炽热的烟气裹着。一小时以后，四点钟时，阿弗拉翰·奥维埃托的律师仑·阿贝尔从特拉维夫赶到，一个被妈妈强行套上生意人行头、被宠坏了的孩子。我们和他在加利福尼亚咖啡馆坐定，听他对资金问题做出复杂的解释。四点四十五分，我带他来见市里的财务主管，这时我已经汗津津的，腋窝泛酸，闻起来像个古怪的女人。从那里出来以后又去找穆奇磋商，他答应要写的一份备忘录还没动笔，反而花了半个钟头叨唠他自己的事以及政府是如何的不得要领。他的Ｔ恤衫上印着花哨的图案，一个叫"恶魔之泪"的新摇滚组合。接下来又去了教育中心和广场上的药店，在超市关门前一刻钟赶到那里，还从取款机里取了点现金，又取了送去修理的熨斗。回到家时天已经黑了，被炎热和疲惫拖垮，我发现他坐在起居室的扶手椅里，没开灯也没有声音。再次用静坐示威提醒我，我这些活动的代价就是他的孤独。这都快成为有定式的仪式了。总的来说，我们之间这十五岁的差异主要怪我。而他，总是不断地原谅我，因为他是那样一个体贴的人。

他独自准备晚餐：你累了，诺娅，坐下，看看新闻。他做了一份洋葱煎蛋卷，弄了份摆放整齐的沙拉，切了几片黑面包放在木餐板上拿过来，还有奶酪以及雕成玫瑰花蕾模样的小萝卜。然后等我赞美，就好像他是又一次屈尊点燃农奴小屋炉火的托尔斯泰伯爵。

新闻结束后他插上水壶，为我们泡了草药茶，他在我头下、脚下各放了一个软垫，还放上一张唱片。舒伯特。《死神与少女》。但当我拿起电话打给穆奇·佩莱格问他备忘录打出来了没有，然后又打给路德米尔和琳达把规划许可这部分还要做的几件事捋捋清楚时，他的大方已经耗尽了。他站起来收拾洗净了碗碟，然后把自己关进了房间，好像我有义务追过去似的。如果他不这样抗议的话，我可能会洗个澡跑到他身边，告诉他发生的一切，问他讨个主意。不过话说回来，我也不确定自己真会那么做。他行动起来的时候令人难以接受——他完全知道我们这个计划的问题所在，以及我不该对什么人讲些什么——但更令人难以忍受的是他一言不发、洗耳恭听、小心避免走神的时候，就像个耐心的叔叔决心腾出珍贵的时间听小姑娘讲述是什么惊吓了她的娃娃。

十点一刻，我冲过冷水澡、又冲了热水澡，然后瘫倒在自己的床上，试图集中精力看一本关于上瘾症的书。我隐约听到他屋里传出BBC的声音。全球广播。近来，他和隐居时的贝京① 一样，也每晚都调频至伦敦。他是在追寻什么不能在这里公开的新闻吗？还是在寻找不同的视角？或是利用广播与自己交谈？也许他只是在做睡觉的努力。他的失眠渗透进我的睡眠，剥夺了我可能会有的几个好梦。

过了一会儿，我已经累得东倒西歪，当我摘下眼镜、熄灯、丢掉那本书时，还能听到走廊里他的裸足发出的、像是来自水下的声音，他无疑是踮着脚尖的，以免打扰我。再就是冰箱打开、龙头水流、以及有条不紊地关灯、锁门声。多

---

① 贝京（1913—1992），生于波兰，1977年起担任以色列第六任总理，因与埃及达成历史性的和解而于1978年获得诺贝尔和平奖。1983年冬，夫人谢世后辞去总理一职，直至去世一直隐居生活。

年以来，他的秘密夜游总让我疑心公寓里闯进了陌生人。有时午夜时分我想我感受到他在门上的触摸，我累得几乎要向他的哀伤让步说"好吧"，然而他已经又踮着脚尖顺着走廊去了——他也许去了阳台，不开灯。他喜欢夏夜的阳台。然而也许什么也没发生，那些脚步声、门上的触摸、他那能穿越墙壁的哀伤，也许都只是一团雾，因为我已经睡着了。我这一天很辛苦，而且明天放学后还要到穆奇·佩莱格那儿开个会，也许还得去一趟贝尔谢巴[1]，敲定规划许可的事。我必须睡好，明天得比今天更清醒。明天又是辛苦的一天。还有酷暑。以及时光的飞逝。

---

[1] 以色列南部城市。

墙那边，它这回没有径直滑过，升到上面一层去，而是伴着刺耳的刮擦声停了下来，接着门又关上、继续行进。冰凉而安静，一只壁虎，黑暗中石头般的眼睛，看着花昆虫在光线中扑扇飞舞，这就是我对她的感觉：她裙子的唏嗦声响，她行动之前意志的脉冲，然后就是行动本身，高跟鞋在电梯和公寓大门之间一阵碎语，锁转动了：一如既往，没有摸索，钥匙一下插入锁孔。

她从这间屋走到那间，用最大声音讲话，声音年轻而欢快，省去句尾。她从公寓的这头穿到那头，把大厅、厨房、厕所和我头顶上起居室的灯逐一打开，留下一抹金银花的香气，途经之处点起一串电灯，仿佛照亮她降落的跑道。整个公寓眯起了眼睛，头晕目眩。

她到我身边，把购物篮、公文包和两个超载的塑料袋放在茶几上，问道：你干吗坐在黑暗里，西奥？然后自己回答道：你又睡着了，抱歉吵醒你了，其实你该感谢我，要不然你晚上怎么睡得着？

她俯下身来，在我头发上草草印下一个朋友式的亲吻，然后把我的光脚从茶几上拿下来，似乎是要在我身边坐下来，但是没有，她踢掉鞋子，印有蓝色菱形图案的浅色裙子里的身体猛地一转，跳进厨房去了，回来时拿了两只盛了矿泉水的大玻璃杯说，渴死我了，喝掉水，她孩子气的用手背抹抹嘴说，有什么新鲜事？接着又跳起来打开电视，这才在我椅子的扶手上坐了一会儿，几乎靠着我但又没有真的靠过来，她把眼前的金发拨开，像是撑开一垂幕布，说道，让我跟你说说我这疯狂的一天吧。

她停顿了一下。突然拍了一下额头，从我身边跳到另一张扶手椅中，说，抱歉，西奥，就一分钟，我得打几个电话，你能做个沙拉吗？从今天早上开始我除了一个法拉费卷饼以外什么都没吃，我饿死了，我这儿只要一两分钟，然后我们聊。她把电话拉到腿弯处抱了一个钟头。一边聊天一边心不在焉地把我端过去的晚餐吞了下去，没有任何其他的暗示建议、感情表示或是简单的评价，只是在她允许对方辩护的那一点点时间里大嚼食物。我注意到她好几次说"别扯了，你开玩笑""惨了，拜托，别逗我了"还有"太棒了，绝妙，双手握紧它"。她的手比她的其他部位都要苍老，她那体力劳动者的手指布满褶皱，皮肤粗糙，手背上有纵横交错的蓝色血管和一块土一般的色斑。仿佛她的真实年龄被暂时从身体里赶到了手上，在那里耐心地将颓败预先储备起来，以迎接衰弱。

然后，有二十分钟，可以听到浴室门里的喷水声和她年轻的声音在唱一首和红玫瑰、白玫瑰有关的老歌，接着就是吹风机和柜橱抽屉打开的声音。她终于清爽喷香地出来了，裹在一件浅蓝色棉质浴袍里，说道，我垮了，出局了，我们早上再聊吧。她看起来并不疲乏，柔软而动人，大腿充满活力，在浅色的浴袍下呼吸。她说晚安，西奥，别生气，别熬夜。接着又说，我这一天多么疯狂。然后她关上了身后的门。她在里面翻了几分钟书，轻笑起来，显然是看到了什么有趣的东西。一刻钟以后她熄了灯。

她和往常一样，不记得把喷头开关拧紧。我在走廊里就能听见水流的声音。我过去把它拧到最紧，盖上牙膏盖，关上厕所灯，按照她的路线绕遍公寓，一盏一盏地关上所有的灯。

她有倒头便睡的天赋。像个讨人喜欢的小姑娘做完了功课，整理好书桌，梳了头，确信一切正常，大家都对她满意，明天是新的一天。她安心地对待自己、对待黑暗、对待院子尽头两棵茂盛的柏树那边的沙漠，以及包裹着她的床单和她熟睡时紧紧抱在胸前的绣花软垫。她的睡眠激起我的不平之感，或许只是单纯的嫉妒。盛怒之中，我很清楚自己没道理发怒，但这一认识非但不能抚平我的恼怒，反而带来更多的烦闷。

我穿着汗衫坐在自己卧室的桌子前，把频率调到伦敦。在新闻播报的间隙，有个关于阿尔玛·马勒①生平与爱的小板块。主持人说男性世界难以理解她的内心，因此看到的是一个不同的人物而非真实的她。然后她开始解释真实的阿尔玛·马勒是什么样子。她话说到一半我就不听了，以此向她示意男性世界毫无进步，然后我赤着脚到厨房里去搜冰箱。喝了一两口冰水后，我被冰箱里发出的爱抚般的微光击中了。为了不失去它、令自己再次被甩在黑暗里，我给自己倒了点冰红酒、又剥开一块三角形的奶酪。这时候我发觉自己在整理冰箱架子。我嗅了嗅已经打开的盒装牛奶，既怀疑牛奶是否过期又怀疑自己的嗅觉。我把一串颜色不对的香肠扔进垃圾桶，把酸奶按日期排成一行，往塑料格里摆满鸡蛋。对着一罐金枪鱼我稍有犹豫，但最后妥协了，给它蒙上了一层保

---

① 阿尔玛·马勒（Alma Mahler，1879—1964），奥地利著名犹太血统浪漫主义作曲家、指挥家古斯塔夫·马勒（Gustav Mahler，1860—1911）的妻子。

13

鲜膜。我从储藏柜里拿下来几瓶果汁，把它们塞进冰箱门以填补空隙。将蔬菜那层排放整齐，又整理好装水果的那层。我努力克制才击退了进攻冷冻室的诱惑。我踮着脚尖走到她的卧室门口：若你召唤，我就在此。如果不，我至少还能抓到一丝她熟睡的气息，也许能吸收一些她剩下来的睡眠。

从那里，到阳台，那把褪了色的老式椅子。

夜几乎是透明的。整个世界沐浴在一片冷冷的银光之中，没有生息。两株柏树像是由玄武岩雕刻而成。如月的山峦仿佛包裹在月腊之中。影影绰绰的动物四处蜷卧，也是如月般的感觉。山谷里，阴影叠着阴影。有一只蝉，停下来时我才注意到。男性如何误解了阿尔玛·马勒、真实的她又是怎样？即便这个问题真有答案，我也错过了。几乎可以肯定这个问题毫无意义，其构成是空洞的，理论上来说不可能有答案。眼前黑暗中荒瘠的山丘抹掉了"几乎可以肯定"或是"理论上来说不可能"这些词，掏空了问题。我知道你什么呢，诺娅，你又了解我什么呢？我还是停止吧。倘若你体会到的我只是有时眼望沙漠时的我。我这边呢？比如：一个比我年轻十五岁的女人，和生命本质的脉搏同频，那种存在于言语、怀疑之前的原生的、富含节奏的脉搏。有时，毫无预谋地，她突然就触动了你的心灵，像幼兽或者雏鸟。

多年以前我学会从星图上识路。那是在军队里，甚至更早，在青年运动中学到的本事。晴朗的夜晚，我还能辨认出小熊星座和北斗星。也还能辨别行星，但已经分不清哪个是木星、金星或者火星。在眼前的空寂中一切仿佛都凝滞了，连行星似乎都站住了，夜晚仿佛就要这样持续到永恒。所有的星星都像是楼上地板上的小孔，来自另一边光明宇宙的小小发光体。一旦将幕布拉起，光辉便会淹没世界，万物变得清晰可辨。或被烧毁。

屋里有个很好的望远镜，在床头架子第二层左边，被单和枕套后面。我可以进去拿出来看个清楚。大概是内海弥亚把从偷窥狂格罗沃依那里得来的望远镜留给了她，要么是给了她的表兄约什库。还有三四样这类物件潜藏在屋里，其余的都没了，扔掉了。有一次吵架时她说我简直比他还任性，比他还要野蛮粗鲁。不过她马上就打住了，从此再没提起过。即便是我们吵架的时候，她也能有效地控制自己，还有我，她的脚总是紧踏着刹车板。我也很小心，我知道分寸：就像玻璃杯相碰，要适可而止。

从东边，从山那边，吹来一股透骨的沙漠之风，像一柄凉森森的镰刀。荒野在悄悄地呼吸，黑暗中的尘埃和石块就像是平静水面的延展。忽然间，就凉爽下来了。已近午夜两点。我不累,但要摸黑回屋去,宽衣上床。伦敦广播将告诉我这里还不知道的实况。今晚世界怎么样?纳米比亚的部落纷争,孟加拉的洪水,日本猛升的自杀率。接下来又会是什么?等着瞧吧。接下来是朋克音乐,残忍,尖锐,粗暴而嗜血,来自伦敦,周三凌晨两点一刻。

我早上六点醒来起草了备忘录。穆奇·佩莱格会再看一遍，琳达则主动要求把它打印出来。午餐时，就要把它寄给阿弗拉翰·奥维埃托，还有给市长和财务主管的备份。还应该寄给谁？我必须找个明白人。也许我应该弄一份政府规章彻底研究一下。我到底要不要问问西奥？那是他一直期待的，像猎人一样。他从一开始就知道我应付不了这个挑战。他知道我经历了一两个小错和失败以后一定会径直跑向他。这会儿，他十分老练地不置一词，不加干涉。就像允许蹒跚学步的小孩随意爬动的大人，在小孩看不见的地方时刻留心，伸出手，以防孩子摔了。

备忘录的开头部分是"计划进展"。我觉得这个说法并不恰当，却想不出更好的。我们的一个学生死于一起"服用毒品导致的"事故。教师休息室里萦绕着各种关于这个事件的相互矛盾的传言。我对这个出问题的男生很感兴趣，尽管我和他其实没说过几句话。伊曼纽尔·奥维埃托是个安静的学生。在有三十个女生的文学课里他是仅有的三名男生之一。近些年来羞涩的学生已经绝迹，学生们在课间休息时都吵闹不止，上文学课时全都昏昏欲睡。疲惫，游离，他们茫然地瞪着福楼拜和我，一脸难以对付的瞧热闹般的蔑视，仿佛我们要卖给他们什么关于仙鹤和小孩子的神话传说。但伊曼纽尔身上有些什么，总会让我联想到冬天。有一次，他没有按时交一篇关于阿格农①的论文。我在课间找到他询问原因。他垂下睫毛，就好像听到了关于爱情的问题，然后温和地回答说那个题目和他本人没有什么特别的关系。我严厉地打断了他，谁说有什么关系了，我们现在说的是义务。他无言以对，就这样我还是残忍地让他僵在那儿一分钟之久，才冷冷地说，好了，下周之前交给我。

十天以后他交上了论文。那是一篇分析合理、平实而优秀的论文。最后一句话后面，他在括号里加了一句个人附言：尽管是义务，最后还是找到了自己和故事的些许关系。

有一次在楼梯上，我问他上课时为什么从来不举手，他肯定有话说，我很想时常听到他的发言。他在答话之前还是

---

① 撒母尔·约瑟夫·阿格农（1888—1970），以色列小说家。生于波兰，犹太望族后裔。1913年前往德国研究德、法文学。1924年定居耶路撒冷。1966年，阿格农获诺贝尔文学奖，瑞典学院赞誉他是"现代希伯来文学的首要作家"。

停顿了一下，才犹犹豫豫地说他觉得词句是个圈套。逾越节前不久，我在课堂上说耶胡达·阿米亥①想要表述的是他对战争的反对，伊曼纽尔深思的声音如梦中呓语般突然响起来，句末语调上升，质疑道：不论诗人想说或不想说什么，都挡了诗的道。

我决定要找时间和他聊聊。

但我没有找出时间来，我忘了，一直拖着。我负责三个班的课程外加两个文学小组，包括给新移民开的特别小组。每个班都有将近四十个学生，几乎人人一脸痛苦相。这么多年我已经受够了。现在都懒得费力气去记名字了。差不多都是女生，几乎整个夏天穿着两边开衩的浅色短裤晃来晃去，名字差不多都叫塔丽。实际上，每个班上都会有人不断纠正我，不是塔丽是塔尔，或者反过来。

事实上，直到事故发生之后，我对伊曼纽尔的了解也比不上他的班主任和任课老师：他从十岁起就住在泰勒科达，和他在银行工作的独身姑妈住在一起。他母亲几年前死于奥林匹克劫机事件，他父亲在尼日利亚做军事顾问。教师休息室流传着一个暧昧的故事，说这个男生爱上了一个埃拉特②

---

① 耶胡达·阿米亥（1924—2000），以色列著名诗人。
② 以色列城市。

的姑娘，要不就是和她纠缠上了，姑娘比他大几岁，吸毒也许还贩毒。事故发生之前，我没太留意这个传闻，因为教师休息室里总是充满了各种流言。整个城市在这一点上也如出一辙。

他离开姑妈家失踪了十天之后，在埃拉特附近距离废弃铜矿不远处被人找到。他从一个悬崖上跌了下来，或是跳下来的，摔断了脊骨瘫在悬崖底下，明显是熬了一天半夜才力竭而亡的。大家都希望至少他在这段时间里不是一直清醒着，但这一点已经无从知晓。他以前曾被带到过那里并被下了药，也可能是自己吸的，或者是受人诱导。我试着不去听这些传闻，它们总是伴随着激动的声音以及令人惊讶的伪善手势和兴致勃勃的神秘暗示：瞧，怎么叫死气沉沉的地方呢，瞧，我们都上全国新闻了，真正的生活激昂也光顾这里了，来了个知名记者还有摄影师，他们从今天早上开始就在外边转悠，但行政人员规定任何人不得接受采访，所以我们只好回答无可奉告。

葬礼由于孩子父亲的姗姗来迟推迟了两次。几天以后那个姑妈也去世了。教师休息室里的谈话一股脑变成了内疚之情，命运之手。都是些我尽力不听的嚼舌头的话。实际上，我在见到那个父亲之前就厌恶他了。一个缺席的父亲，一个在尼日利亚的军火贩子，多半是满腔抱怨，可能会责怪我们。根据一些可以汇成结论的线索，从远方做出判断并不困难。我设想这位父亲以前是个突击队员，富裕、喜欢评判、自以为是。于是我决心不在葬礼之前和教师代表小组一起到科达饭店他的房间里去看望他。他终于从非洲丛林屈尊来到这里，只是要责怪我们造成的他儿子的可怕结局，我们怎么会视而不见，为什么忽视了，不可能全体教师都这样吧？最终我还是去了，也许是因为我想起了男孩站立的姿势，安静但扰乱人心，害羞，像是扎回到他自己世界的海底然后再浮上来，用耳语般的声音告诉我，词句是个圈套。这句话里含有无声的求助信号，我没抓住或是抓到却忽视了。所以我拒绝承认或是意识到了又否认，要是我和伊曼纽尔谈了话、哪怕我努力靠近他，然后耸耸肩去他的，不管它，你瞎想。我和其他老师一起在男孩和姑妈的葬礼前几个小时去见了阿弗拉翰·奥维埃托。在那里，在酒店，这位父亲的房间里，此后占据我全部生活的这件事开始了。

还有那条狗的一段插曲。伊曼纽尔·奥维埃托有一条狗，一只总和人保持距离的郁闷的家伙。从早晨到下课，它都会卧在校门对面那片生长着、不如说是烂掉了的稀疏的撑柳林里，等着男孩。你要是朝它扔石头，它便筋疲力尽地站起身，拖到几码外再趴下继续等待。不幸发生以后,这条狗开始每天早晨到教室来,完全无视走廊里已乱成一片。它浑身疥癣,耷拉着耳朵,下垂的肌肉几乎拖到了布满灰尘的地板上。在哀悼的日子里,没有人敢上去将它赶走或者逗弄它,之后也没人那样做。它整个上午都趴在那儿,把悲伤的三角形头一动不动地放在前爪上。它在教室的角落里选了一个据点,在字纸篓旁边。课间的时候,谁要是扔一个面卷或是意大利腊肠给它,它连闻也不闻一下。你跟它说话,它也不作回应。那令人同情的、棕色的、迷惑不解的神情让你不由得调转头去。下课以后,它便夹着尾巴卑微地潜出学校,直至第二天早上八点上课铃响之前不见踪影。那是一条贝都因犬,岁数不小了,身上是这里土地的颜色:暗灰色。土土的。现在回想起来,我觉得它可能是哑的,因为在我记忆中它从未吠过,连哀鸣都没有一声。

有一次我甚至想把它领回家,给它洗洗澡、喂养它、逗它开心:它对一个永远不会再回来的男孩的这份不灭的忠诚突然打动了我。要是我拿勺子喂它牛奶,找兽医好好照料它,在走廊里给它造个窝,兴许它最终会适应我并接受我的抚摸。西奥讨厌狗,但他肯定会让步的,因为他是个妥协派。真希望我能让他明白他的过度体贴让我感到多么压抑。我都能看见他眯起小眼睛,左边那只,英国退伍陆军少校的银灰胡子掩盖了轻微的颤动:你瞧,诺娅,要是你真的那么在乎,那就这样吧。于是我放弃了狗。它是个排外的家伙,种种迹象表明它并不需要什么新的依附。

一天早上它被车撞了。尽管如此,它还是踩着铃声准时来到教室。那条被碾压的后腿像折断了的树枝。它把自己拖到老据点,像往常一样趴下,一声呜咽也没有。我下决心要打电话给公共健康部门的兽医,让他们来把它领走,可是那天结束后它就消失了,第二天早上也没再回来。我们觉得它肯定是拖着自己到什么隐蔽的地方等死去了。几个月以后,在一个年级聚会的晚上,欢迎、小节目、点心饮料和校长讲话结束之后,夜里一点大家离开的时候,那条狗又出现了,瘦骨嶙峋、畸形,行尸走肉一般,用前腿拖着残疾的后半身前行,穿过学校大门对面污秽的撑柳林前方的路灯洒下的灯光,从黑暗爬向黑暗。除非那是另一条狗。或者只是个影子。

阿弗拉翰·奥维埃站着迎接了我们,他后背靠在阳台门上,从那里能看到东边暑气中隐约闪亮的山顶。酒店双人床上放着一个合着的小旅行箱,桌上有两个柠檬,桌后椅子的靠背上罩着一件轻便的夏季外衣。这个男人是个小个子,衰弱，窄肩，逐渐稀疏的头发渐渐变白，皱纹密布的脸庞晒得黝黑，他看起来像个退休的冶金工人。这不是我想象中军事顾问或者国际军火商的模样。他没等大家正式吊唁，就开口和我们讲话，谈到有必要阻止其他孩子成为毒品的受害者，这让我感到特别惊讶。他讲话的声音单调，稍带犹豫，好像怕激怒我们似的，询问伊曼纽尔是不是学生中唯一的受害者，还请我们告诉他，我们注意到这件事多久了。

一阵令人尴尬的沉默，假如不算上教师休息室的流言，我们实际上是事后才知道的。副校长磕磕巴巴但圆滑地表示，伊曼纽尔是在最后才开始吸毒的，在埃拉特，他失踪之后，也就是说差不多可能是在最后几天里。连姑妈都没注意到什么会成问题的变化，不过那也是很难说的。那位父亲回答说我们也许永远都要被蒙在鼓里了。再次沉默，这次时间颇为持久。阿弗拉翰·奥维埃托把两只布满皱纹的手蒙在脸上，棕色的农民的手，手指干燥而粗糙，然后又把手放回到腿上。副校长又开始说话，这时阿弗拉翰·奥维埃托问我们中间谁最熟悉伊曼纽尔。副校长只好含混地咕哝几句。沉默下来。一个年轻的贝都因侍者，黑皮肤，身材苗条得像个漂亮姑娘，戴着一个白色领结，推进来一个盖着白布的餐车，盛放有水果、奶酪和各种软饮料。阿弗拉翰·奥维埃托签了单还递过去一张折着的纸币。别客气,他说,说了两次,但没有人动那些茶点。突然他转向我静静地说:你一定是诺娅,他喜欢你的课,他有文学天赋。

我惊呆了,没有否认。咕哝了几句陈词滥调,一个敏感的男孩,不太合群,有点——嗯,内向。那位父亲朝着我的方向笑了一下,不习惯笑的人的笑容:好像把百叶窗打开一条小缝,就一会儿,展示一间美丽的房间,里面有华丽的吊灯、书架和壁炉里燃烧的炉火,然后关上窗仿佛从未打开过。

六周以后,阿弗拉翰·奥维埃托在上午大课间休息时突然出现在教师休息室,要我们帮忙实现一个计划:他考虑要捐出一笔钱,在泰勒科达这里为全国其他地方吸毒上瘾的年轻人和学生们建一所小型康复中心。他希望用这个中心来纪念他的儿子。泰勒科达是个安静的小城,沙漠也许能帮上点忙:眼望荒凉广阔的空间可以激发各种思考,也许真能救下一两个人。当然他能理解肯定会有来自地方上的反对,但也不妨先试着整理出一些能减缓恐惧的基本条款来。

我不是伊曼纽尔的班主任,所以当他来问我是否同意组建一个非正式的小组做些前期调查、并在纸上列出困难所在,再摸清摆平当地人的可靠办法时,我大吃一惊。尽管他本人几个月才来以色列一次,但他有一个律师,仑·阿贝尔,随时听从我的调遣。如果我拒绝，他能够理解，那就再找别人。

为什么一定要找我？

瞧，他说，又对我露出短暂开启的百叶窗缝中透出壁炉炉火和华贵吊灯那样的笑容，整个学校里他只喜欢你。有一次他给我写信说你给了他一支铅笔。他用你给他的铅笔写的信。

我不记得什么铅笔。

然而，我还是答应了。也许是因为隐约有一种冲动想和伊曼纽尔还有他的父亲保持某种联系。什么样的联系？为什么保持？当阿弗拉翰·奥维埃托说起那支不存在的铅笔时，闪过一种稍纵即逝的相似，不是和他儿子之间的，而是类似一个我多年以前遇到的男人。他的脸、他的溜肩膀、特别是他柔和的声音和遣词造句的方式，比如他说"激发各种思考"，都让我想起在迦南山的一个健康基金疗养院遇到的诗人以斯拉·扎斯曼。当夜晚的颜色更迭、无形的清风在山边嬉戏时，我们，我父亲、扎斯曼夫妇、楚玛姑妈和我，常坐在这黄昏里，在疗养院草坪的斜坡上。父亲坐在轮椅里，腰部以下麻痹，像个上了岁数、发胖的拳击手或摔跤手。他的脸粗糙起伏，身体的重量下压着绷紧的轮椅，黑色的收音机攥在手里仿佛一个随时会扔出去的手榴弹，一张黑色的大羊毛毯盖住他无用的膝盖，他弯曲的肩膀表达着暴力的狂怒，好像在爆发的瞬间被石化。我们围着他坐在躺椅里，面对天边加利利山那渐渐屈从于夜晚微光的光线。以斯拉·扎斯曼给我们看他手写的诗歌，那些诗和当时以色列流行的诗歌大相径庭，像竖琴的乐音一样打动了我。一天晚上他说：诗歌像是被玻璃罩住了的火星，因为词句是一片片的玻璃。他仓促而遗憾地笑了，后悔说了这个隐喻。后来假期结束了，扎斯曼一家谦卑地前来道别，像是为舍弃我们做出无言的道歉，然后就离开了。第二天，父亲在一股无名怒火中砸碎了他的收音机，于是我和楚玛姑妈用出租车把他拉回了家。几周之后，我听到一则简短的新闻报道说以斯拉·扎斯曼去世了，于是我到内坦亚的书店去买他的诗集。我不知道书名，而书店店员没有听说过它。楚玛姑妈给父亲买了一台新收音机，它完整存在了两周左右。

我和阿弗拉翰·奥维埃托约定，我不能从调查小组的工作中接受任何酬劳，他听了以后未置一词。三周以后我收到邮寄来的第一张支票。自那以后，他每个月通过他的律师给我寄三百美元，由我决定其中多少用于支付办公费用和交通报销、多少用于补偿我花在计划上的时间。我四次要求律师仑·阿贝尔设法停止寄来支票，都没能奏效。

西奥警告我，你被卷进去了，丫头。这样处理资金只会招致不快和麻烦。很难相信一个冷静的生意人会做出这种心不在焉的事。如果他就是想捐点钱纪念他的儿子，为什么不干脆搞一个信托基金？有财务主管和清楚的账目？要是别的情况，他想要创业、建一个面向富人子弟的私人诊疗所，一个高级疯人院，三百美元可不够报答你为平和公众意见付出的劳动。你根本没搞明白自己是怎么被利用了，诺娅。你什么时候掺和进为吸毒者张罗诊疗所的事儿了？不可能获得居民的赞同——谁会想要在自家后院弄个鸦片烟馆？

我说：西奥。我是个大姑娘了。

他眯起眼睛没再说什么。

他回到走廊继续熨他的衬衫去了。

他当然是正确的。全城都反对。有人匿名给地方报纸投稿说他们不会容忍这里变成全国的垃圾站。好多事情我都得从头学起。广播里那些我没用心思听的、报纸上从来不看的东西，运作，费用，资本基金，组织，董事会，预算。一切都还非常模糊但足以令人兴奋。一个四十五岁的女人找到了新的生活意义：可能会登上周末增刊的彩色头条。其实晚报已经试探过想要采访我。我拒绝了。我不清楚这样的报道会给计划带来帮助还是损害。我有那么多东西要学。我会学的。

有时候我用第三人称对自己说：因为诺娅干得了。因为这是件好事。

除我之外，小组还有三个成员：马拉基·佩莱格（全城都管他叫穆奇），路德米尔和琳达·达尼诺。琳达是个患有哮喘症的离异女子，热爱艺术。她志愿加入是为了守在穆奇身边。她的贡献是用文字处理器打字。穆奇·佩莱格是为了我而加入的：即使我为食腐肉的乌鸦开个精修学校他也会参加。至于电力公司的退休雇员路德米尔，他是好几个抗议组织的活跃成员：采石场和迪斯科舞厅的敌人、公开指责不完善路标的人、本地报纸热情洋溢的每周专栏《野外来声》的撰稿人。夏天里他穿着卡其布大短裤在城里游来荡去，鞋带啪嗒啪嗒拍在满是纹理晒红了的脚上，每次看见我他都会招呼道，没有火哪儿有烟[①]，然后笑着抱歉说：别生气啊，亲爱的，只是开个玩笑。

在实际操作中，我承担所有的责任。我陷在里面已经有好几周了：跑社会安全、健康教育部门在南边的办公室，扯着反毒品滥用联盟的袖子不放，围攻困难青年机构，哄着家

[①] 原文是 Noa smoke without a fire，有俗语 No a smoke without a fire，相当于中文俗语"无风不起浪"。本书中，女主人公诺娅的英文名字是 Noa（诺娅），这里将句子中的 No a 连在一起组成女主人公的名字，形成双关语。

长委员会和教育委员会，哀求发展机构，回应本地报纸，追着市长巴特希瓦，而她到目前为止都还拒绝把这个设想提到日程上来。我已经去了四趟耶路撒冷、两趟特拉维夫。每周去本地区政府办公室所在地贝尔谢巴朝圣一次。在泰勒科达，这里的朋友和熟人们看我的时候已经开始带着忧心忡忡的嘲弄意味了。在教师休息室，他们说，你想从这些额外的麻烦里得到些什么，诺娅？你受什么刺激了？无论如何，没有结果的。而我回答说：走着瞧。

我不怨这些朋友和熟人。如果是其他哪个老师突然鼓噪起来，要在这里成立，比如说，一个传染病实验室，我想我自己也会困惑或者愤怒。这会儿，市长耸着肩膀，工会不作承诺，家长们饱含敌意，穆奇·佩莱格总用那些女人赠他的东西、还有只有他才清楚怎么给女人的东西来让我分心，路德米尔也来劝诱我加入关停采石场的运动。公共图书馆里，馆员帮我找齐了所有关于药品上瘾对策的书籍，放在专门的架子上。有人在架子上贴了个标签：为瘾君子诺娅专留。

西奥应我的要求一言不发。

至于我，我在学习。

这是个有八九千人居住的新兴小城。最早建的是长方形的住宅，供军事基地里服役人员的家属居住。七十年代时，附近有几口很有希望的油井，于是决定要兴建一座城市。但这些油井令人大失所望，计划便就此搁置了。主干道赫茨尔[①]大道铺得雄心勃勃：六车道沿着怪石嶙峋的荒漠高原的边缘延伸，花坛充当中间隔离带，花坛里是远方运来的红土，种的棕榈树被强风吹得东倒西歪。大道两边，在包裹着麻袋布以防沙尘暴的铁栏杆里，引水浇灌的黄蝴蝶树苗似乎还未确信它们存在的意义。这条主干道引出十五条同样的街道，都以总统、总理的名字命名，伸向东伸向西。每条街道都有一排绿色的街灯，还有按一定间距安置的绿色长凳与之配合。此外还有邮筒和公共汽车站以及提示人行横道的交通标志，尽管交通流量相当稀疏。

---

① 西奥多·赫茨尔（1860—1904），生于匈牙利，奥地利著名记者、作家。犹太复国主义奠基人，被称为"犹太复国之父"。

装饰性的花园里一片荒凉,这是由于沙漠来风时常光顾,令它饱受风沙袭击,不过有些楼前还有一些坚守着的草坪,以及些许夹竹桃和玫瑰丛。那些楼已被热度和风侵蚀。四层、六层公寓楼组成的街区一个接一个,前阳台都封闭着,混凝土边框或者铝框的推拉玻璃。原本上面都抹了一层白色灰泥,但现在颜色全成了暗灰:经年之后,灰泥变成了沙漠的颜色,仿佛融入那种颜色就能缓和猛烈的日照和沙尘。太阳能板在每个屋顶上闪光,像是小城试着以自己的言辞缓和太阳的暴晒。

公寓街区之间有很大的空地。大概多年前哪个晒晕了的规划人设计了一个郊区花园,留下建公园和小农场的空地,还有本应在楼宇间含苞吐蕊的果树。这些年,这些空场变成了条状的沙漠,点缀着一山山的垃圾,几丛灌木横跨在植物和无生命物体之间的分割线上。还有几棵桉树和撑柳,被干旱和咸风打击得萎靡不振,朝东方弯下腰,像夜半石化了的逃难者。

小城西北部是高尚住宅区,有一百所独立住宅。大都依着山势以便分出层次。这里没有涂了柏油的平屋顶,都是红瓦,经冬历夏后早已变成了灰色。有几座瑞士山中小屋风格的木屋,点缀在其他意大利或西班牙风格的房子中,建在一块从加利利山运来的泛红的岩石上，有突起物、围栏和拱门，带圆窗的山墙上甚至还有风向标，在这片沙漠上象征着森林和草场。这是小康人士们居住的地方，专业人士、军官、经理人、工程师以及高级技师。

位于对角的东南部在一条狭长的窄谷里，蜿蜒着一条被流沙侵袭的崎岖不平的道路。沿路是陶瓷和金属工厂，小型洗衣机厂，还有作坊、车库、仓库、铁皮棚屋和混凝土小屋，以及没有地基、用光秃秃的水泥块和木板搭起来的建筑结构。各种作坊店铺在这里激增：锁匠铺，木匠作坊，电工店，车身用品店，卖天线的，电视修理店，水暖商店和太阳能热水器生意。小屋和小屋中间是铁丝网，已经塌了、朽了、掩埋在沙里。门前的沙子沾着厚重的机油和油脂。整个夏天那里都泛着腐尿和热橡胶的味道。太阳无情地烘烤着一切。远处的山下是一块丢弃旧汽车的垃圾场，再就是市政公墓。这条路的尽头在悬崖边，那里拦着两道铁丝护网。据说对面是个禁入的山谷，有秘密装置。山谷那边又是些黑色的峭壁，上面嵌有山洞和裂缝。那里是山羚羊的栖息地，它们时而出现在地平线上、俯冲奔向晚上亮着微光的垂暮。狐狸也在那边造窝，蝎子和毒蛇在那里挖穴。而更远处，是连绵的白垩砾石和板岩山坡，还有干涸的河床和层层沉淀的黑色山麓碎石，一直延伸到荒山深处。荒山常围绕在耀眼的烟霾中，远远望去总是呈蓝色，像云间幻景，从无形的海面升起并将随即退回其中。

公共汽车每天六次从贝尔谢巴来，停在购物中心外面那个被大家称为"红绿灯边"的广场，它的正式名称是欧文·科西查广场。贝尔谢巴来的旅客在这里下车，司机消失进加利福尼亚咖啡馆，在那儿待上二十分钟抽根烟喝杯卡布奇诺，等着要去城里的乘客在车站聚集。广场对面有一个没铺柏油的停车场，时常飞腾起滚滚细沙，落定后给商店、餐馆和办公室蒙上一层面纱。广场被四栋沿海平原风格的多层建筑所围绕，两家银行，修缮过的巴黎电影院，亦做餐馆使用的几家咖啡馆，和一家兼售全国彩票的破台球厅。上述建筑围住的这块地方是个广场，铺着红灰相间的地面。广场中心立着一根纪念覆没勇士的水泥圆柱。纪念碑四角种着四棵柏树。其中一棵死了。柱子上的金属字写道："以色列啊，你尊荣者在山上　杀[①]"，倒数第二个字没有了。下面是一个比照着《圣经》律法匾做的牌匾，写着二十一个名字，从阿弗拉罗·约瑟夫到舒民·齐奥拉·乔治。这块匾通体裂开，裂

[①] 出自《圣经·旧约·撒母尔记下》1：19。

缝中长出了旋花。纪念碑边上有一个水泥造的饮水喷泉，用英语和希伯来文刻着《圣经》："你们一切干渴的都当就近水来①——为纪念多尼娅和阿道博特·泽斯尼克而建，1983。"三个水嘴向下弯曲朝向盆底，其中两个滴滴答答。

银行大楼屋顶杂乱的金属广告板之间有一幅巨型标语：今天我存了。西奥的办公室就在市政厅左边的楼里，健康基金对面。办公室门上挂的名称是"规划"。同一层还有牙医德莱兹纳和尼尔的诊所，再往前是公证人和会计杜比·维兹曼的办公室，还提供影印和各种与文件相关的服务。杜比·维兹曼有空的时候，会画画沙漠风景的水粉画，其中五幅曾在海尔兹利亚②的一个私人画廊的联展中展出过。他办公室一面墙上有一个珍珠贝镶嵌的画框，里面是一张放大的《国土报》③的评论，里面提到了他的名字。尼尔大夫是个攀岩爱好者，而德莱兹纳大夫的太太是一个歌手的远亲，那位歌手前年冬天来这儿表演过，还给歌迷分发了她的签名照片。

两个贝都因人，岁数都不小了，并肩坐在工会门口的台

---

① 出自《圣经·旧约·以赛亚书》55：1。
② 以色中部沿海城市。
③ 以色列主要报纸之一。

阶上，都穿着牛仔裤。一个穿着Betar[①]的T恤衫，另一个身着邋遢的军人工作服。两人中个子矮些的那个把小臂搁在膝盖上，掌心向上，用大拇指不断缓慢地撵动着放在其余四个皴裂手指上的香烟。另一个人膝盖中间有一捆用旧报纸包裹的东西。他的眼睛盯着天空，或是警察局屋顶上无线天线的闪光。等待着。一个上了年纪的小贩，是个德裔犹太人，步伐沉重地走过去，脖子上用绳子悬了个篮子。里面装着一摁就会跳的青蛙、陀螺、肥皂、梳子、刮胡泡沫和几管台湾产的洗发香波。他戴着眼镜，驼背，头戴一顶黑色无檐帽。心不在焉地对那两个贝都因人笑了笑，那两位不明所以，冲他礼貌地点了点头。

"好莱坞照相——底片放大及其他摄像器材"：店门关着还拦着防盗栏。灰扑扑的窗子里面，在《晚报》[②]刊印给读者看的总理梅纳赫姆·贝京的照片下面，贴着一则告示："由于业主耶胡达和扎契同时应征参加军队预备役，本店从即日起遗憾关张至下月一日。敬请宽谅。"葬仪店门前，三个虔诚的年轻人坐在金属凳子上互相交谈，其中一个是白化病。那个上了年纪的小贩在他们身边又停了下来，很想加入他们的谈

---

① Betar，犹太复国青年团体。
② 1948年创刊，希伯来文晚报，基本支持政府立场，发行量15万份。

话。他咳嗽、叹息，用手指做着手势：那么犹太人和非犹太人就仿佛油和水？好吧，这同样适用于犹太人之间。每一个人。即使他们是兄弟。一个年轻人进去给他拿来一杯水，老人谢了他，喝了，叹了口气，把装着青蛙和肥皂的篮子拿起来往脖子上一挂，踏着沉重的步子朝红绿灯方向去了。书籍装订商卡什纳坐在他舒适的小窝里。他没有在装订，因为他正痴迷于阅读一本破破烂烂的书。他的金边眼镜滑到鼻梁一半处。从他的浅笑可以断定那本书投他所好，也可能是唤起了他的回忆。广场的远处种着三棵印度桦树，枝叶稀疏，几乎投不下什么阴影。

沙兹伯格的药店里钉着一张告示："不记账赊药"。一个罗马尼亚口音的大胖子嘟囔道：记账是个什么意思？一个邋遢的青年，脚踏灰扑扑的凉鞋，肩上用绳子代替背带挂着一挺轻机枪，主动解释道：记账就好比打个折扣。

为了扩充电脑宫，他们在拆一堵墙。即将开业：电脑网络全面特展。不过这会儿，货品还围在塑料护板里面，以便防尘。正遭拆除的那面墙上有一幅海报，画着一个戴眼镜的冷美人跷着二郎腿、面对电脑屏幕：她如此沉醉于编程，都没意识到她让路人偷看了裙底。一个金发少年对着巴黎电影院的侧墙专心玩球：停球、过人、传球、停球、过人。他玩了很久也没变个花样。他神情专注，表情饱含责任感，就好像最小的踉跄都将导致灾难。在他即将踢碎一扇玻璃窗之前，身穿国防卫队制服的一个老人冲他喊停。少年立刻听从了，把球装进袋子里，人没动。他在等。空气又脏又热。光线几乎是白色的。头顶电线上缠着一个挂了几个月的风筝，如今就像一具悬在绞架上的尸体。另外，从今天开始恩德培法拉费吧开始卖烤肉卷：阿弗拉姆到贝尔谢巴去买来了设备。他迫切地想知道能不能受欢迎。不过这是急不得的，需要花点时间。我们只能等着瞧。同时祈祷。

早上七点一刻，我们在厨房喝着咖啡，我说：今天放学后我还得去一趟贝尔谢巴，必须得见见部里的贝尼兹利。要是他们不帮忙我就不知道该往哪儿走了。别对我说你的想法，至少现在别说。也许今天晚上回来之后我会想听。看看吧。

他从报纸上抬起眼睛，穿的还是那件汗衫，肩膀处已经晒得褪了颜色。他六十岁了，但身体仍旧相当健康精壮。他关切而好奇地盯了我一眼。人们有时会用这种目光注视抱怨肚子疼不肯去幼儿园的孩子。要相信他吗，还是该对他严格一点？他完美的军人胡子被一丝怀疑或者嘲讽扯动。突然他把大手放在我手上说，你是个大姑娘了。会有办法的。

西奥，我说，我不是弱智。你要是希望我放弃这个计划，只要说，诺娅，算了吧。你试试，看会怎么样。

你让我别掺和。请求获批。故事结束。再来杯咖啡？

我没说话。我很怕起口角。

他的灰发，经验丰富的脸庞，精心修剪的银色胡须，半闭的左眼有时会让我联想到一个富农、一个疑心重重的地主、一个被生活教会了如何面对敌手的男人、一个女人或是一位邻居：既宽容又坚韧。

这时，他像是从这一情境得到了偶发的快乐，用手指搓了个面包球，说：

"我们晚上去看电影吧。正在上映一个情色喜剧片。我们好久没有晚上一块出去了。去贝尔谢巴开车小心点，我没关系，今天不用车，你当心路上的坑洼和大卡车就好。别超车，诺娅。越少超车越好。另外记得把油加满。等一下，我认识你要找的贝尼兹利，我一手带出来的人是他的师傅。要我给他打个电话吗？在你见他之前聊两句？"

我请他不要这样做。

他继续看起《国土报》来。嘟囔了两句日本人怎么怎么的。我抓起公文包，要想赶上第一堂课我得跑两步了。到了门口我又止步折回来和他交换了兄妹式的亲吻，吻在额头上，头发上。回头见，谢谢你借我车。今天早上我仍然没能问他工作上有何新进展。千篇一律：西奥早就对新事物失去了兴趣。今天晚上我从贝尔谢巴回来之后，会跟他出去吃晚餐，然后在巴黎电影院看场电影。他对我总是亦步亦趋。尽管他并非是真的那样，只是出于忧虑的同情。他要是不关心我，我肯定会受伤。是我对他不公平。也许这就是现在不论他说什么都会激怒我的原因。还有他无声的意见，以及他无微不至的体贴。

十点，大课间的时候我要从单位给他打个电话。我要问他有什么新鲜事。我要谢谢他把雪佛兰借给我一整天。我要说对不起，我会保证记得加满油而且按他提议的晚上和他一起去看电影。

可是，为什么道歉呢？

不管怎么说，课间时教师休息室的电话前总是排着长队，而且别人总是支着他们的耳朵，然后他们就会说听到诺娅向西奥道歉了，谁知道为了什么。这是个小城。到这儿来全是我的错，这是我选中的地方，西奥让步了，同意了。我多希望他能不再让步，不再每次都在他放债人的账头上添加记录。

什么账头？根本就没有。瞧，我又对他不公平了。

穆奇·佩莱格站在学校门口等我。怎么了？没什么，就像木匠问处女为什么肚子那么大的时候处女回答的那样。他只是来告诉我，从今天开始他要找一个免费为我们做规划的建筑师。西奥本来是可以帮我们的，如果我要求的话，哪怕只要我不拒绝。我什么时候拒绝了？谁又说什么规划了？我什么时候给过伊曼纽尔一根铅笔然后又忘了？这全都是梦。一个奇怪的男孩，孤单，他觉得词句是个圈套，他垂下眼帘，羞涩，扎进自己世界的海底，还有他那条在学校外边路上等他的幽灵犬。一定是他编了个铅笔的故事。但他为什么要编呢？是不是我开始忘事了？我是不是无意间给过他铅笔？

葬礼后六周，阿弗拉翰·奥维埃托来让我答应组织张罗一项非正式的调查，以确定给毒品上瘾的人开设试验性康复寄宿学校是否可能，我们俩坐在加利福尼亚咖啡馆，直到黄昏。我们点了大杯冰咖啡，他用柔和的声音向我描述小城和沙漠将如何有助于康复过程，甚至激发各种思考。他说话时，粗糙的手老像是要圈住一个不愿被拢成球的无形物体。我入迷地看着。拿我姐姐来说，伊曼纽尔的姑妈，她在这儿住了差不多十年，她在这独特的强光与安静的结合中也找到了某种安慰。伊曼纽尔也是，他想当个作家，他没准真有这天分，这方面你可能比我更了解，可我怎么又谈起他来了？他一直在这儿。站在我面前，苍白，抱着自己的肩膀，这是他的习惯，会突然抱住自己的肩膀，好像不够暖和似的。他就像是并没有离开我，而是从远方来到我身边，来和我待在一起分担我的忧伤。不是想起他，也不是思念他，就是他。穿着一件绿色的旧套头衫。他站在我面前，苍白，没有笑容，一言不发，胳膊绕在肩膀上，靠着一堵墙，重心都搁在一条腿上、另一条腿闲着。你能明白吧：就在那儿。

阿弗拉翰·奥维埃托这些年来过小城几次，和他寡言的儿子一起在山丘之间散步，或是在日落时分一起在街上溜达一两个钟头，静静地观察小城如何变大，又一个公园，又铺了一条路，又一张长椅。有时候他们甚至晚上也出来漫步，比起上次，山头有了路灯，马路拓展了，东边又开始了新的造房工程。他那一代人看到新屋在荒地上拔地而起还会激动万分，而伊曼纽尔则显然更喜欢荒地。但他们俩都喜欢这样的夜游，沿着空空的街道，相互之间一言不发。那时他们的个头已经差不多一样高了。要不是因为工作，他本可以待得更久些：沙漠适合他。他也可以永远待下去。这种事很难还原出真实情况，因为真实和期盼难以辨清。不过，重点是什么来着，现在的？他一边说着一边从桌布上抬起眼来，从皱巴巴的棕色面庞上蓝色的眼睛深处涌出一个灿烂的笑，一瞬就消退了，头也再次垂了下去。我将手指搭在他手上，我并非有意这样，像在触摸粗糙的地表，很快我就意识到并抽回手来，几乎忍不住要为这一没有得到许可的触摸向他道歉。

他说，你瞧，这样，然后又仔细考虑了一下说，没事儿。

我很尴尬，只好问道：那你在非洲时沙漠离在你住的地方远吗？问题一出口我就后悔了，这问题显得愚蠢、鲁莽，而且有一种对他间接的批评，而我无权批评他。阿弗拉翰·奥维埃托给我们每人要了一杯矿泉水，清一清嘴里甜腻的冰咖啡那黏糊糊的余味，他说，非洲的沙漠。嗯，实际上在我工作的非洲那个部分没有什么沙漠。正相反，那里是密林。你要是有空儿我给你讲个小故事。不管怎样我还是讲吧。我们在尼日利亚的头几年里，租了一幢殖民时代的房子，房主是个英国医生。不，不是在拉各斯，而是在森林边上的一个小城。那个小城不比泰勒科达大多少，非常穷。只有一所荒废了的英国邮局、一台发电机、一个警察局、一座教堂、十几家破商铺、几百个灰泥和树枝搭的小窝棚。伊曼纽尔才三岁，他是个可爱的孩子，总是戴着一顶苏格兰格子呢小帽，人家一跟他说话他就眨眼睛。他妈妈埃雷拉，我太太，在附近镇上教会组建的防疫站、也算是小诊所里当一名全职的儿科医生。她一直梦想着在热带行医。阿尔伯特·施韦策[①]占据了她的脑海。我大部分时间都在外出差，几个女仆（有一个是意大

[①] 阿尔伯特·施韦策（Albert Schweitzer, 1875—1965），法国人，医生，在神学、哲学、音乐方面均颇有建树。存在主义哲学家萨特的堂兄弟。施韦策30岁时立志献身非洲医疗事业，自1913年在加蓬开设第一家诊疗所起，终身为自己的目标奋斗。1952年，78岁的施韦策获得诺贝尔和平奖。

利人）负责打理家务，还请了个当地年轻人做园丁。院子里养了羊、狗、一群鸡，就是个小动物园，甚至还有一只神经兮兮的鹦鹉，下次我再讲它的事儿。不过其实也没什么可讲的。我们还养了一只小猩猩，一个周末在森林里发现的，明显是迷了路或者是个孤儿。是伊曼纽尔注意到他从路边一个废旧轮胎中间盯着我们看，用那种令人心碎的眼神。他一下就看中了我们。这种一种已知现象，我不是专家，我觉得好像是叫铭印①。那头小猩猩就成了我们家的一员。我们太喜欢他了，争着看他会钻进谁的怀里睡觉。伊曼纽尔先开始用奶瓶给他喂罐装牛奶。每当埃雷拉给伊曼纽尔唱起催眠曲，小猩猩就会拿一张小毯子裹住自己。不久他学会了摆餐桌、晾衣服、收衣服，甚至抚弄猫咪直到它发出舒服的咕哝声。他特别擅长讨人欢心。亲吻、关爱、拥抱，不论付出还是接受，他对情感表达的渴求是无限的。比我们多很多，也许是他觉得必须维持、加强和我们之间的身体联系。不过事实上这很难说。他情感如此丰富，甚至能觉察到或是嗅出谁不高兴了、孤独了或是受到伤害了，然后献身逗我们开心：他会演一出模仿秀，照镜子化妆的埃雷拉，伊曼纽尔瞪眼睛眨眼睛，战

---

① 铭印（Imprinting），心理学术语。指幼小动物认知、亲近族类（特别是母亲）的一种习得过程。

争中拿着电话的我,欺负母鸡的园丁。我们笑得眼泪都出来了。伊曼纽尔简直离不开他,他们在一个盘子里吃饭、玩同样的玩具。有一次他还从毒蛇口中救下了伊曼纽尔,不过那是另一个故事了。还有一次,他献给埃雷拉一条美丽无比的围巾,不知是从哪儿偷来的,我们一直没能找到失主。要是我们出去访友不得不把他留在家里,他就会跟在吉普车后面跑,一边伤心地抽泣,就像一个受到不公平待遇的孩子。要是挨训了,他会生气然后消失,上树或上房,好像是下定决心要和我们做最后的诀别,可过后又会带着重修旧好的清澈意愿回来讲和,努力示爱以期补偿,给埃雷拉擦眼镜然后戴在猫脸上,直到我们别无他法只好原谅他、爱抚他。不过,要是觉得我们错怪了他,他就会继续斗争。比如有一次,我因为商店的水果丢了而打了他。这种时候,他就会一言不发站在屋角,用责怪的目光看着我们,好像在说,你怎么堕落成这样了,世界会对你做出应有的审判,直到让我们觉得错怪了他,唯一修好的方法,照他不容误读的手势来看,是打开我们存放糖块的罐头盒。在伊曼纽尔患黄疸病的时候,小猩猩学会了从冰箱拿冷饮、递温度计,他甚至还不断地给自己测体温,好像害怕自己也染上病。就这样过了几年,这只猩猩发育到了青春期,胸口和脸上长了隐士长须般的白毛。

他成年后第一件事就是爱上了埃雷拉。他粘住她,几乎寸步不离。我必须得说,他以一种动人的方式追求她,梳她的头发,吹凉她的咖啡,给她递袜子,不过还有些越来越难以接受的性方面的举动。他会触摸感受她的裙子,在裙子上摸摸摘摘,当她弯腰时紧抱在她身后。诸如此类。我就不说细节了。晚上我们把自己关进卧室时,他被嫉妒的怒火冲昏了脑袋,一直站在窗外发出受伤的悲咽。开始的时候还觉得挺有趣甚至动人,没多久他还开始在她窗下哼唱,不过我们很快就发现手头的问题很严重。比如说,只要我和伊曼纽尔当着他的面接触埃雷拉,或是埃雷拉摸摸我们,他就要咬我们。伊曼纽尔受了惊吓又开始眨眼睛、眼皮乱跳了。要想理解后来的事你得明白,诺娅,猩猩是强壮、敏捷的动物,他发怒或被激怒时可能是非常危险的。有一两次他把她堵住无处躲避,我动了粗才把她救出来。那是多亏我在家,要是不在怎么办?兽医时不时给他打一针雌性激素,但那没能平息他的情欲。我们不知所措:不可能甩了他,也不想伤害他,他已经是家庭一员了。你明白吗?从他刚出生起我们一手把他拉扯大。有一次他吞下几块碎玻璃,我们带他飞到拉各斯看病。轮流坐在那儿守了他四天四夜,确保他不会扯掉绷带。出了埃雷拉这次事故以后,兽医建议做阉割手术,我拿不定主意痛苦不堪，就好像我是要受罪的那个。我最终决定，最无害的办法是将他放归山林。于是圣诞节前的一个周末，我把他带上吉普，他总是很喜欢和我一起做长途旅行。为了保险我深入森林一直开了六十多英里。我没告诉埃雷拉和伊曼纽尔，还是让他们觉得他是自行消失了比较好，听从了森林的召唤、回去寻根了。这是一种已知现象，不过我不是专家，也说不准。路上我们停下来加油，他一如既往替我把加油嘴插进油箱、然后打开油泵。我们停车吃了饭，饭后他跑回吉普给我拿来纸巾，他一定是觉察到了我的悲伤，或者预见到背叛，我无法形容他在最后的那次旅程中有多么体贴。我一次又一次地看着他想，就像一只被引向屠宰场的羔羊。他体会到我的想法，在整个旅程中，差不多有三个小时，在我旁边的座位上蜷作一团，手臂绕在我肩头，就像一对假日里出游的小伙伴。开始的时候他孩子气地呢喃着，好像在猜测商店里的东西，以拖延痛苦。但当我们越来越深入森林时，他沉默了。他整个缩进椅子里，身子猛抖，张大眼睛盯着我瞧，就像我们第一天在森林里发现他时那样，一个弃儿从丢在路边的废弃轮胎中间信任地看着我们。我一只手开车，另一只手伸过去摸了摸他的脑袋，觉得自己像个谋杀犯，马上要把尖刀插向一个自己钟爱的纯真灵魂。但我还有什么其他选择呢？不到一年以后，埃雷拉在奥林匹克劫机事件中丧生，但是那时候，在那次抛弃他的旅途中，我不可能意识后来的悲剧。总之，最后来到一小块空地上。我熄灭引擎。梦一般的宁静。他爬到我大腿上来把脸颊贴在我肩头。我叫他下车给我捡几根树枝回来，他听得懂"树枝"这个词，但他还是犹豫了。发着抖，待在我边上的椅子上不动。他大概不太相信我，以一种我至今无法形容的神情默默地盯着我。我不得不粗暴地冲他大吼，直到他听从我的指令下了车。我冲他叫喊的时候，其实是希望他不要相信我，希望他一味倔强地拒绝下车。等他走开二十码左右的时候我发动了引擎，迅速掉头，猛踩油门开始逃跑。所以我最后对他说不是温和友爱的话语，而是严厉的训斥。那时他意识到我不是在玩捉迷藏，而是被骗了，到此为止了。他跨着猩猩的大跳步，刺人心肺地大声尖叫着拼命追了我几百码：我在战时也背过伤员，可从没听过这种撕心裂肺的嚎叫，直到后视镜里他绝望狂追的身影消失不见了以后，我还能听到尖叫声渐渐远去。那之后的几周里我总是听到那声音，伊曼纽尔当时待在家里，但他坚称他也听到了，尽管隔着六十英里是完全不可能的。不久以后，他那令埃雷拉的诊所同仁束手无策的眨眼睛的毛病消失了，即使他母亲去世也没有再犯。在很长一段时间里，我们时常都会蹚手蹑脚地潜到花园门口，期盼着但也害怕他会自己寻路回来。如果他真的突然出现，我们该如何与他修好，而他会原谅我们吗？好几年我们都不打开那个装糖块的罐头盒。后来埃雷拉出事了，我跟伊曼纽尔提议再养一只猩猩，但他不肯，只是说，算了吧。但问题是，我为什么告诉你猩猩的事？有什么联系吗？你还记得我们怎么谈起这个来的么？之前说什么来着？

我说我不记得了。我们刚才聊的是别的事。然后，我自己都没意识到，我再次把一根手指放到他手上，马上又挪开了，说：对不起，阿弗拉翰。

阿弗拉翰·奥维埃托说想请我帮个小忙。他很抱歉给我讲了这个故事。如果可以的话，诺娅，权当我什么也没说过吧。然后他问我要不要再来一杯冰咖啡，如果不要了，那么请允许他陪我去我要去的地方，也就是说，除非我现在想一个人待着？他仓促地笑了笑，仿佛已经知晓我的回答，然后又猝然抹去了那个微笑。我们尴尬地走着，几乎沉默不语，颇有些不自在，沿着一条人迹罕至、栽有大班木的大道，凋谢的黄花如阵阵密雨般缓缓落在走道上。天暗下来，从这盏街灯到下一盏，我们可能无意间放缓了脚步，一言不发，二十分钟后在学校台阶前分了手，因为我突然想起那天晚上学校有个什么会。我到的时候会已经开完了,我迅速冲出去找阿弗拉翰·奥维埃托——我惊奇地意识到,我有时也会不住地眨眼睛——但他当然早就不在学校的台阶那儿了。他肯定已经回到科达饭店他的房间去了,或者去了别处。

再有一个星期这个学年就要结束了。早些年,她从四月中旬就被东游西窜的冲动缠绕住,开始报名参加夏季活动,耶路撒冷的会议,加利利的节庆,自然爱好者在迦密山脉的野游,贝尔谢巴的教师疗养。而今年她被这个使命牵绊着,来不及想加入任何夏季旅行。周六我无意间问她,打算如何度过长假,她说,再说吧,于是我放弃了这个话题。

大多数人总是忙于各种安排、准备工作和休闲活动。我则安于家庭和沙漠。甚至我的工作都渐渐变得有些多余,很快我就要抛开它。我的养老金、我们的存款、再加上海尔兹利亚房产的租金,足以维持我们的生活到最后一刻。那么我每天做点什么呢?我要观察沙漠,比如说我可以在万物还未闪耀的拂晓时分走很长的路。最热的时段我就睡觉。晚上我会坐在阳台上,或到加利福尼亚咖啡馆去和杜比·维兹曼下一盘棋。夜里听伦敦的广播。远处的那些山丘,干旱河床的入口,天上的浮云,花园尽头的柏树,夹竹桃和九重葛凉亭边上的空凳子。夜里能看得到星星，有些星星会因季节变化在午夜以后出现在不同的位置。不是因季节而变化，而是随着季节。花园墙外的平原里有一片戳着半截金色麦秆的田地。一个老贝都因人总在秋天播种大麦，春天收获，现在羊群在那里啃着收割后的残秆。再远处，贫瘠的荒地一直延展到山顶，再到更远处迷雾般的群山里。在沙化地带中间，倾斜的坡面上布满了棕黑色燧石和贝都因人称为"哈瓦尔"的浅色白垩。一切都是黑白的。各安其位。恒久地在那里，寂静地。与世无争就是尽可能像山峦那样：寂静无声地存在。空荡荡。

今天早晨，新闻里播报了一段外交部长的讲话摘要，谈到了人们期望的和平。

"人们期望的"这个短语不对。要么是期望，要么是和平：不可能同时存在。

今天，她说下课以后又要去贝尔谢巴。她答应会加满油，尽量不回来太晚。但我没问她打算几点回来，也没要求她早点回来。好像她误打误撞飞进了这间屋子，现在狂乱不堪找不到窗口。而窗子一直开着。于是她从这面墙扑棱到那面墙，撞向灯罩、冲上天花板、磕到家具，弄得浑身是伤。你就是不能试图给她指出门的位置：你不能帮她。你的任何举动只会让她更加狂乱。只要一不留神，你非但不能把她引向外面自由的天地，反而会把她吓到更里面一层的空间去，而她在那里会不停地扇动翅膀敲击玻璃。对她唯一的帮助就是不要试图帮忙。缩在那儿，纹丝不动，化进墙里去，别移动。窗子真的是一直开着的吗？我真的希望她飞走吗？还是我一动不动地潜伏在那儿，在黑暗中目不转睛地盯着她，等着她精疲力竭掉下来？

那时我就能朝她俯下身来，照顾她，像开始时那样。一直以来的那样。

到了贝尔谢巴才发现，我预约的和贝尼兹利的会面出了点误会。一个戴着血滴般小耳环、惹人讨厌的秘书很高兴没在预约本里找到我的名字：照她说，那个给我预约的女人是个呆头呆脑的打字员，一周来两次什么也不干，而且根本无权处理民众事宜。贝尼兹利先生在开会，全天的会议。好吧，我是头一次听说你，你特地从泰勒科达远道赶来。真遗憾。很抱歉。

我坚持了一下，她让步了，含糊地做了个安慰的手势，用内部通话系统问他到底能不能腾出一刻钟来给我。她涂满鲜红指甲油的手放下了话筒，说，今天不行，小姐，过上两三周再来试试吧，等贝尼兹利先生开会回来以后。要记得先给我打个电话，我叫多丽丝，接电话的人要是叫蒂吉，你是在耽误工夫。这个小可怜，她怀了个篮球运动员的孩子可人家不认，结果现在孩子有蒙古症。她可也是虔诚的教徒呢。我要是有那么虔诚的话，多半也就是星期六开开车①。不过你是谁啊？你为什么要见贝尼兹利先生，也许我能给你帮点忙？

这时我妥协了。我让她再打扰贝尼兹利先生一次，告诉他西奥的诺娅在这儿。

一两分钟以后他从办公室里冲了出来，兴奋激动，处处透着讨好，扭动着屁股，晃着大肚子。进来，怎么了？没问题，我们亲爱的老朋友怎么样？身体还棒吧？工作顺利吗？是他让你拿着这些调查结果来的？真不错。他可是条了不起的汉子。

诸如此类。

但是你这件事儿啊，你瞧，诺娅女士，坦白讲，该怎么说呢：你找到一个大方的捐款人，最佳方案是你把他打发到我们这儿来，我们会把他引入正轨。从来没听说过泰勒科达有毒品。微不足道。难道我们昏了头？想把伟大的特拉维夫那些尽人皆知的毛病都招到这儿来？他最好把钱投进，比如说，养老院。他们说的"金龄阶层"。这是我们真正能做的而且相当不错。但是要引进一车车的吸毒者……要知道，现如

---

① 犹太教规定安息日是周五日落到周六日落，这一天不得工作、只能祈祷和敬神，必须遵守39项安息日的禁忌：比如田耕、开车、写作、缝纫、烹调食物、买卖以及所有金钱交易等。

今毒品可不是单单毒品,都伴随着犯罪、艾滋病和暴力,还有一切与色情业相关的,恕我直言。你这么一个体面姑娘究竟是怎么卷进这么一档子事儿里去的?你可能会把西奥都拖得身败名裂,天理不容。你得知道现今的世道,什么都会直接捅到媒体上去,地方报纸,深入报道,下作,上帝保佑我们吧。不过,我们不能浪费一个捐款人。你只要把他带到我这儿来。现在大方的捐赠人可不会从树上长出来。都是国家形象太差的缘故,这都要怪地区内那些阿拉伯人一团糟,把我们搞成这样,天杀的。西奥对现在的局势怎么看?他肯定十分不快。国家可是他的命根子。你现在和西奥在一起几年了?八年?不值一提。微不足道。你真该听听那些早年认识西奥的人怎么说,那时候国家还只有沙丘和梦想呢。我们至今还仰慕他当年炸飞英国警察局和雷达设备的英勇年代。他可真是个精兵。不只如此:是榜样楷模。要是发展部还在他手里的话,我们就不会有那之后出现的这些个烂摊子喽。都化为乌有了,真是太遗憾了。你只要记住你身边有个国宝,要像对待眼睛里的光华一样好好照顾他。不管发生什么,记得替贝尼兹利好好拥抱他一下。至于那些吸毒者,干脆在这个不干不净的生意开始之前就把他们忘了。你那位捐款人:让他到我这儿来,我会把他引入正轨。再见。

从贝尔谢巴返回泰勒科达的路上,我像个恐怖分子一样开着宽大的老雪佛兰,超车时狂按喇叭,急转弯,我浑身紧绷,冰冷的怒火与胜利一同燃烧。好像我已经报了仇。我不会回家而是要直接开到穆奇·佩莱格家,屈膝坐在他的矮床上,一张唱片,昏暗的灯光,鞋子,一杯葡萄酒,衬衫,胸罩,毫无欲望没有感觉,只有杀伤性的抽动。嘴唇,肩膀,乳房,再渐渐下行,例行公事,二十分钟左右,他那边也毫无激情,只是在永远填不满的功劳簿上再积上几分而已。事后我要给他打分——甜心,我怎么样,你太棒了,妙极了——而我则会满足于自己占了"眼睛里的光华"的上风。我会在他那里冲个澡,穿衣系扣时他照例会忍不住要再问一次,我怎么样?我会用贝尼兹利先生的口头禅回答:微不足道,谢谢了。恐怖分子的愤怒消解之后,我要发动车子开回家。我会告诉西奥今天晚上我来做饭。没有理由,就是想做而已。要有白色的桌布和红酒。庆祝什么呢?庆祝诺娅决定重新考虑并准备下台阶。庆祝她迟到了的回归,回归她天生属于的领域。今夜不再有走廊上的蹑手蹑脚,也没有来自伦敦的BBC。今夜我会服侍他安睡在我的床上,我自己则要安置在阳台上他的哨岗上。现在轮到我坐着面对黑暗了。早晨,在赶去教比亚利克的诗歌之前,我要给阿弗拉翰·奥维埃托写封信让他另请高明。以斯拉·扎斯曼死后出版的诗集题为《消失在沙中的足印》，最后他们终于在贝尔谢巴的大学图书馆里帮我找到了这本书，我喜欢六十三页那首诗的前半段。我不会再想建什么避难所，而要志愿给移民搜集些温暖的冬衣。或是为战士们找些礼物。我要找些力所能及的小善事，不再口大喉咙小。也许我能代表校方负责做一期纪念伊曼纽尔·奥维埃托的专号，试着收集一些资料，尽管也许大家都没什么可说的，因为没有人真正了解他——包括他的班主任和任课老师。

在我看来，好人因为感情用事而志愿行善实在是笨得可怜。正确的方式应该是为了善，就像我在阿什凯隆[①]的十字路口看到的那位疲惫的中年警察，他有一张普通的圆脸和一个小肚腩，四肢着地，在救护车赶到之前帮助一辆翻倒的卡车里的伤员。已经几年了，但细节至今历历在目：他躺在地上，将生命之吻一下下印给一位卡在挤碎的车门里、失去知觉的妇女。但救援队一到现场，医生或是护理人员上前接了班，警察便站起来，转过身——现在伤员不再需要他的帮助了，所以他又回来指挥交通：就这样，照直往前，小姐，请

[①] 以色列西南部海滨古城。

别停下，演出结束了。

一本正经的，甚至有些粗暴。用烟熏过一样的声音。他忘了自己头发上沾的泥巴，压扁了的帽子和鼻子里流下的一条血迹。他腋窝下汗渍斑斑，脸上的汗水和着泥土往下淌。几年过去了，但我没忘记这粗暴与优雅的奇妙结合。我至今仍将从那位警察身上学来的为善服务当作我的梦想：不以喷涌的情感，而是以高度的精确。带着那种近乎无情的只为工作的态度。充满自信。像做一场外科手术。正如以斯拉·扎斯曼在他的诗集开篇中写的那样："我们该在何处闪光，何人渴望我们的光亮。"

开到泰勒科达城中心的红绿灯那里时，那首诗和那个警察帮我克服了羞辱感，放弃了报复。穆奇·佩莱格肯定会找别人。他会凑合着找琳达·达尼诺。再来一个满身羞辱感的女人献身又能怎样，献给这个脸上涂满须后水、夸夸其谈的好色之徒，在七点和七点二十之间，沙漠小城里一个闷热潮湿的夜晚，伴着拉威尔的《波莱罗》[①]，在那张罩着满是灰尘的床罩的床上，就为了惩罚一个无意伤害她、也永远不会知道她这些作为的男人？这有什么好处呢？她从中又能有何获

[①] 法国印象派作曲家拉威尔（Maurice Ravel，1875—1937）的芭蕾舞曲《波莱罗》是世界性的通俗乐曲。

益呢？

什么也没有。微不足道。

穆奇·佩莱格有一次在例行公事的大量赞扬和腻味话之后对我说，他其实还挺喜欢我们俩这一对儿。西奥和我。不是喜欢：是仰慕。也还不是。他从来都不能清楚地表达他想说的话。

那是他的问题。这些年来，他说，西奥和我开始变得相似起来，很不可思议。不是在性格上，也不是外貌或者姿势，是在其他方面，要是我能明白他想说的话有多好。你常会发现没有孩子的一对男女之间会渐渐产生某种相似。算了。别提了。他又说错话了。我脸红了，都是因为他，唠唠叨叨的没逻辑、少敏感。对不住。他最后老是走到他真实意思的反面。也许是感觉差不多。不。真见鬼。也不是那么回事儿。

我缓缓驶过穆奇的办公室，房地产经销商及投资顾问，在红绿灯那儿掉了个头，往回朝向本·兹维[①]总统大道行驶。在那里，我停了一会儿，试图回忆起忘记的事情，然后下决心我就是不让步，而是要继续把伊曼纽尔·奥维埃托康复中心的事儿坚持做下去。至少坚持到有更好的人选乐意接手为止。就这

[①] 伊扎克·本兹维（1884—1963），以色列第二任总统。

样，照直往前，小姐，请别停下，演出结束了。

尽管如此，我还是把破雪佛兰停在了超市门口。买了各式冷肉还有沙拉，红酒，一只鳄梨，一个茄子，一些辣橄榄和四种奶酪：罪已然被放弃，但赎罪的仪式已经开始。我看到西奥坐在起居室里，光着的脚丫搁在白色的小地毯上，他穿着汗衫和运动裤。既没看书也没看电视。也许和昨天、前天一样，他正在眨着眼睛打盹。我冲了个澡，穿上一条花裙子，一件蓝色的夏季衬衫，又戴了一条围巾。拔掉电话，虽然还得理清楚一件还没想起来的事儿。我禁止西奥帮我准备晚餐。当他问我这是什么情况时，我笑了，答道：眼睛里的光华。

他在厨房的桌子旁坐下，当我又切、又热、又倒的时候，他把绿色餐巾精心折好，再放进专门的餐巾夹里。我发现他的手在任何身体活动中都带有一种精确的灵巧，甚至是在开信封、把唱针放到唱片上这样的简单动作里，仿佛是遗传自世代相传的钟表匠、屠户、小提琴家或者书吏。不过他有一次说起过，他的外祖父其实是家族掘墓人事业链条上的最后一个，在乌克兰的一个犹太人小村子里。他自己当了三十二年的规划人，大部分时间是高级规划者，在发展部。大家都说他创造了一些新理念，引领了一些运动，有些人说他青史留名。我在委内瑞拉遇到他时，他已经出局了，冷冰冰的。

他从来不想谈那次冲突、失败，和部长发生的碰撞，我从一些传闻中得到了关于这些事情的些许模糊轮廓。免职，也许是个阴谋，然后就把他调到一个毫无出路的部门。每当我试图询问的时候，他都含糊其辞，只说我在那儿的时光结束了，或者是，我已经付出了我能付出的一切。就是这样。他既不谈现在的工作，也不想让我见他以前的熟人。我头一次提出到泰勒科达定居的时候，他过了几天就同意了。等我在高中找到一份教职，他就开了一家叫规划有限公司的小门脸。几个月里他就彻底切断了和老熟人的联系，像是打算彻底撤退。无论如何，他说，没几年他就该领退休金了。有的晚上，他会到加利福尼亚咖啡馆去待上一两个钟头，坐在俯瞰广场的一个窗边的角落里，看看《晚报》或是跟杜比·维兹曼杀一盘棋。但大多数日子里，他会在五点十分从办公室回到家，一直在家里待到第二天早晨。他好像不想理会某些事。渐渐地陷入了永久性的冬眠，无冬历夏，倘若可以用"冬眠"这个词来形容一个饱受失眠之苦的人的话。

我用锡纸把土豆包起来准备烘烤，一边跟他说贝尼兹利，差点说出回家路上几乎做了的事。我不想提起那位好警察的形象，尽管我知西奥不会笑话我。他慢慢折好了最后一块餐巾并把它放进餐巾夹，像是在做一项智力工作。似乎这一张比其他的更特殊或是更复杂难弄。他平静地说：他可是个小天才，那个贝尼兹利。他还说：你不容易啊，诺娅。这些话让我忍住了眼泪。

吃完冰激凌喝了咖啡，我问他晚上想做些什么。我们还赶得上巴黎电影院那个情色喜剧片的第二场，除非他另有妙招，怎么都行。他转过头来斜着眼睛看着我，那个农民模样的脑袋一时间露出一抹觉得有趣的情绪，混杂着情感、怀疑和狡猾，好像发现了我吸引他至今的细微之处，然后认定这一点对我有利。他看了看表说，现在我可以带你出去给你买条新裙子，怎么样。只可惜商店关门了。

所以我们还是把脏盘子丢在桌上，赶紧去看第二场电影。广场上红绿灯边上的街灯十分昏暗，只有纪念覆没勇士的纪念碑被草丛里射出的浅黄色灯光照亮。一个孤零零、皮包骨头的士兵坐在铁栏杆上，喝着一听啤酒。他眼睛紧盯着一个背朝他站着、穿红色超短裙的姑娘的腿。我们走过时，他转过来看我。那是一个被懦弱牢牢控制住的欲望之眼。我把手臂环在西奥的腰上，说：我在这儿，你呢？他把手放在我头发上。你给我们做的晚餐，他说，不是一顿饭，那是一件艺术品。我说：你怎么看，西奥？穆奇·佩莱格跟我说我们在某方面很相像。我觉得挺有趣：我们哪方面相像呢？

西奥说：穆奇·佩莱格——是谁？你是说那个代理人吧。那个左手是六指的小丑。他有点夸张，是不是？一个商业市场的花花公子？老穿着件"恶魔之泪"的T恤东游西逛？还是我把他和别人弄混了？别总结了，我说，你总是这样。

是个英国片，反讽、过于诙谐，讲一个受过高等教育的女出版人对一个加纳移民抓狂的故事。一次她出于好奇献身给那个加纳移民以后，就狂热地爱上了他，以至于在身体和经济上都成了他的奴隶，之后又被他两个凶暴的兄弟奴役。喜剧成分大多体现在女方家族成员的关系上，他们都是狂热的第三世界拥护者，还支持受压迫的种族，支持她的男朋友和他兄弟：在薄薄的一层宽容大度的表层之下，常常冒出最常见的骨子里的歧视。有一些叙事性的视觉剪辑，从优雅现代的波西米亚风格画室到破败的贫民窟厨房，再回到摆满书籍、展示着非洲艺术品的房间。看到一半时我低声对西奥说：爱会战胜一切，你瞧着吧。恐怕过了有一刻钟他才俯过身来悄声答道：这里面根本没有爱。全是弗朗兹·法农[1]的调调，

---

[1] 弗朗兹·法农（Frantz Fanon，1925—1961），法国精神分析学家、革命作家、社会哲学家、20世纪优秀的殖民主义批判者。二战时为躲避纳粹远走北非，参加了自由法国反抗军。相信只有通过暴力才能结束对第三世界的殖民压迫。他的文字引发了1960年代美国和欧洲的激进运动。被誉为"黑权"运动家。分析过黑人男子占有白人女子这一生活过程的内在意向。

被压迫者的反抗以及利用性复仇。

我们回家以后他进了厨房，十分钟后拿来一扎香甜的热酒还有玻璃杯。我们无言地喝酒。他眼睛里的某些东西让我并紧了膝盖。西奥，我说，你该明白这个。热酒里不放蜂蜜，蜂蜜该加在茶里。热酒里应该加点柠檬。另外你怎么拿这种杯子来？这是喝冷饮用的。我们有各种喝热酒的杯子，小一点的那种。你都不用心了。已经全都不重要了。

上床后我们没说话。我穿上那件端庄的白色睡衣，他有一次说，像个宗教寄宿学校的小女生，他全裸着来到我的房间，只有一个膝盖上套着弹力护膝，那儿有老伤。我设想自己能用指尖感受到他手臂和胸部的毛发逐渐变亮，由暗黑变灰至烟灰色再成银白色。他的身体硬朗结实，但今晚他似乎与欲望分离了，好像他真正想要的是彻底拥抱并环绕整个我，好像他渴望理解我或是把我纳入他的世界，让我成为他的负债。他努力要触及我每一寸皮肤，几乎不顾他自己身体的需要，只要我像胎儿般蜷缩在他的身体下，像翅膀下的小鸡。我想要又不想向他投降，听从他，给他付出、付出、再付出的权利。于是我滑出他的怀抱，从他令人陶醉的纵容中，我让他仰面躺下，不让他干涉我给他的回报，直到我们对等扯平，然后一直到结束我们都互为对方，像四手联弹的二重奏，有时我们甚至就像两个充满爱心的家长俯望着一张小床,全神贯注,头碰着头,和那个会用爱回应爱的婴儿玩耍。之后,我给他盖上被单,用我的手指划过他农民般宽大的额头和渐渐变灰的军人短发,直到他入睡。我站起来光着脚走进厨房,收拾了晚餐的残局,洗净擦干碗碟和我们用来喝热酒的冷饮杯。他从哪儿学来的往热酒里加蜂蜜,奇怪,眼睛里的老光华,他说那里没有爱、只有被压迫者的反抗是什么意思?我把所有物品放回原处又换了块桌布。西奥没醒。好像今晚我的睡意全转移给了他。然后,我走出去占领了阳台上他面对沙漠的那块地盘。我记起贝尼兹利说这儿最早除了沙子和梦想以外一无所有,又想起那个虔诚的打字员,蒂吉还是丽吉,她怀了篮球运动员的孩子而男的又不肯认,现在落下个蒙古病、或者照那个血红女人的说法是蒙古症。还想到了那个害了相思病的猩猩和那个装糖块的罐头盒,再就是小时候老是眨眼睛的男孩,那个夏天里也一身寒气的孩子,可能是因为我模糊记得,当全班都穿短衣短裤时,他还穿着绿色套头衫和棕色灯芯绒裤子。不过这会儿我拿不准是不是灯芯绒裤子。不论诗人想说或不想说什么,都挡了诗的道儿?我真该主动和他聊聊。我该请他来这儿,到家里来。应该让他讲出来。可我只是不加停留地掠过了他的孤独。还有一次他说他觉得词句是个圈套。我想不通当时怎么就没意识到他的这些话根本就是求助的呐喊,就像以斯拉·扎斯曼在一首描写秋夜的诗中写的:"那里挂着一副微笑,渐弱、无力而哀伤。"

山顶上冒出一弯撒拉逊[①]的新月,苍白的光线洒在废弃工程和公寓街区上。没有一扇窗亮着。而街灯毫无必要的发着光,其中一盏闪个不停:微不足道。一只猫从我的阳台下走过消失在灌木丛中。山那边有射击的余音,然后是轰轰的回声,接着又是冰冷的沉寂,触着我的皮肤。我又记起了在发现男孩尸首两天后死去的姑妈,她曾在银行工作。一位姿色平平的干瘪女人,铜色的头发用塑料蝴蝶卡子固定住。她有个可笑的习惯,在银行每当你面对她坐定和她讲话,她都会用缀满雀斑的手掩住口鼻,仿佛总在担心自己有口臭,或者不如说更担心你有。她总是用"百分之百没问题"来结束每一次谈话,说的时候语音单调。一阵瑟瑟声袭过黑黢黢的花园,仿佛我关于死者的思考脱逸出去,降下去蹲伏在那几丛夹竹桃中。又像是那条狗拖着残躯在下面爬行。有一阵我觉得好像九重葛凉亭下的那条旧长椅折断了:月光改变了弧度,椅子腿的阴影和那些椅子腿混在一处,让椅子看起来像涟涟

---

① 撒拉逊人,阿拉伯人的古称。

水波中倒影出来的破碎映像。阿弗拉翰·奥维埃托那天在教师休息室说我是男孩唯一喜欢的人，就像在说一件除我以外人尽皆知的事实，他究竟是什么意思？也许我应该让他给我看看他儿子写的信，特别是提到乌有的铅笔的那一封。

六点三刻的时候西奥把我摇醒，充满朝气，刚刮完胡子，健壮结实，穿着一件烫出整齐线缝的带肩章的蓝衬衫，宽肩、灰色短发，他看起来像个殖民时代的退役士兵。他腋下夹着早报，给我拿来一杯他平时用以提神醒脑的热腾腾、口味很重的黑咖啡，是他亲手研磨过滤的，好像在试图把这一幕掺和进那个残忍的英国电影。昨天半夜我显然没上床，而是在起居室的白色长沙发上睡着了。我从他手上接过咖啡说，听着，别生气，我昨天答应过要在从贝尔谢巴回来的路上给雪佛兰加满油的，但最后我忘得一干二净。没关系，西奥说，我会加的，一会儿我开车送你到学校以后去办公室的路上。我缺的不是时间，诺娅。

西奥的办公室，规划有限公司，在红绿灯边上那幢大楼的顶层。有里外两间办公室，一张绘图桌，一张办公桌，各种挂在墙上的地图，一张大卫·本·古里安①在沙漠里坚定凝视纳哈尔金②的彩色照片，两个金属柜子，几个架子，上面放着不同颜色的文件夹，办公室外间的一角有几把简单的椅子和一张茶几。

周五。十点一刻。平常周五的时候不办公，但这个早晨西奥来了，等着清洁女工纳塔利娅，尽管她自己有钥匙。他打算在她来之前拆阅一两封信件。他打开空调和绘图桌上的强效灯。然后，改了主意，关上灯走到窗边去等。他注意到有一小群人聚集在吉勃阿的书籍文具店柜台前：他们在等本该在九点就到的报纸。今天早上报纸来晚了。据说警察在贝

---

① 大卫·本·古里安（1886—1973），犹太复国主义的领导，以色列第一任总理。
② 以色列南部地区。面积大约1400平方公里，位于死海和内盖夫沙漠之间地带，现在是旅游热门地带。

尔谢巴通往外部的所有道路上都设了关卡,因为那儿发生了一起银行抢劫案。纪念碑附近,两个戴着大沿儿草帽的园丁在挖地,以便在死去的迷迭香那里种上新的。西奥自问为什么不能在这个早晨干点工作。至少在纳塔利娅来之前。他可以写两行关于弥兹佩·拉蒙计划的前期设想:目前只需要一个粗线条的概述,或者再加上一两张无关细节的草图,都不需要附加比例尺。他们还没弄到钱呢,还没最后敲定一切,也没要求他拿出具体的规划方案。他想了一会儿,但没找到灵光涌现时通常伴随的智慧的火花。纳塔利娅今天怎么了?也许该给她打个电话,看看有什么问题,不过他印象里她们家好像住在预制板房里,不知道有没有电话。有一次她用夹杂着些许希伯来文的磕磕巴巴的英语解释说她丈夫是个嫉妒狂,一点点关于男性的暗示都会引发猜疑,甚至对他自己的老爸。他想想她,还不过是个孩子,也就是十七岁,就结了婚饱受蹂躏,一个柔顺羞怯的姑娘,不笑的时候嘴唇就会抿成要哭的样子,问她一个简单的问题就能让她浑身颤抖、面色发白,她有女人的胸部和腰部,但长着一张女学生的脸。他一下子欲火中烧,强烈得像一个握紧的拳头。

周五。诺娅要在学校待到十二点半。他们约好稍后见面,去商店给她选一条裙子。他早上没有冲澡,想留住现在还闻得到的、她的爱之气息，不是用鼻孔而是毛孔。她的笑声、她的热情、她的身体、她瞳孔中快速闪耀的光华——甚至她布满皱纹有星点棕色色斑的手，比她其他部分老上好几岁，仿佛毁灭的力量在此聚集，就等一声令下才散遍全身——在他看来都与生命的本核相连。她就像电流般将生命导入了他的体内。就算纳塔利娅勾起了他的欲念，光亮却来自诺娅，也将回到她那里。他无法将这解释给她听，而是要给她买条裙子或者再来一件礼服。纳塔利娅还没来打扫办公室，今天也许不来了，他有足够的时间站在窗边看着红绿灯边的广场。男性世界到底是怎么误读了阿尔玛·马勒？阿尔玛·马勒到底是什么样的？两个问题都很空洞。有一次，在墨西哥城，他在一次现代音乐节中连续两个晚上听了《悼念亡儿之歌》①的演出，一次是钢琴伴奏的男中音演唱，另一次是一位有深沉嗓音的女歌手的演绎，可能是个女低音，充满渴望却又纯静平和地像是在告别。西奥记得后者的演唱是如此令人心酸，以至于他不得不起身离开礼堂。组曲中的第二首叫《现在我看清火焰为什么这样阴郁》，第四首是《我总以为他们出远门

---

① 《悼念亡儿之歌》(*Kindertotenlieder*，英 *Songs on the Death of Children*)。奥地利犹太裔作曲家马勒根据弗里德里希·吕克特（Ruckert）的诗歌创作于 1901 到 1904 年之间的一套组曲。

去了》。这些曲名引发他的钝痛，就像大提琴上的一个低音音符。无论怎么回忆，他都无法记起其他几首的曲名。今晚得问问诺娅。

他的窗下，一个戴头巾的妇女走过去，两手各拎着一只刚宰了的鸡，是为安息日准备的。女人很矮，广场又很脏，鸡冠子在人行过道上拖下了一条长长的痕迹。西奥在胡子下面笑了，几乎忍不住精明地眨了眨眼，像个吝啬的农民怀疑讲价钱的对方设下了陷阱要诱他进入彀中。那个女人已经不见了。

拉美裔犹太人教堂前临时支起一张桌子，就是一张门板搭在两只桶上。上面摆满了书，大概全是为防潮防虫从柜子里拿出来通风曝晒的圣书。十点半了纳塔利娅还没来：她今天不会来了。她丈夫又把她关起来了么？他会用皮带抽她吗？他得赶紧找到她的住址，就这个上午。去一趟看能帮上什么忙，必要的话就破门而入，以防不测。还有时间：诺娅两个钟头内不会过来。但是运载周末报纸的出租车从贝尔谢巴赶到了。莉莫·吉勃阿，吉勃阿漂亮的女儿，熟练地把报纸安顿好，把昨天出租车送来的增刊夹进刚到的报纸里。吉勃阿，那个泰迪熊般圆滚滚的男人，精力充沛，一头灰色鬈发，一个啤酒肚，看起来像是随时准备着要大声宣讲什么，总让人联想起商会职员，他已经开始朝挤向他、伸出手的人群卖起《新消息报》[①]和《晚报》来了。西奥草草列出几样办公室需要的文具,决定等人群散去之后,下去到吉勒阿的店里买,趁周末的《晚报》没卖光时没准再买张报纸。至于弥兹佩·拉蒙要他画的草图,还不着急,下个礼拜他脑子里也许能涌出很多好主意。让他们等着吧。他们又不可能在一个周末建成他们的休闲中心,实际上他们永远都建不成。真希望那里迄今为止建成的一切都能被抹去重头来过,没有丑陋的住宅方案,而是采用低调的建筑风格,对安静的火山和起伏连绵的山峦表达出恰当的谦逊。他锁上办公室下了楼。

皮尼·波佐在他鞋店的墙上挂了一排肖像当作装饰:迈蒙尼德[②],犹太教仪式派拉比曼纳汉姆·门德勒·舍诺尔孙[③],神圣的拉比巴巴·巴鲁。这或许没什么用处,但也没什么害处。他自己并非严守戒律的犹太教徒,但心里还是敬畏上帝的,也对两千年来一直保护我们不受邪恶伤害的宗教怀有敬意。除了这些拉比们的画像,波佐还挂了一张以色列前总统

[①]《新消息报》,希伯来文晚报,创刊于1939年。支持利库德集团,发行量30万份。

[②] 摩西·迈蒙尼德(Moses Maimonides,1135—1204)。西班牙的理性主义犹太神学家、哲学家、思想家、科学家。

[③] 曼纳汉姆·门德勒·舍诺尔孙(1902—1944),被认为是20世纪最具影响力的犹太拉比。有众多追随者。

的照片，纳冯①，一个深入民心备受欢迎的总统。在他两边，贴着夏米尔②和佩雷斯③，他觉得这两个人为了公众利益应该和平共处并再次联手，结束两败俱伤的内斗：对付意图摧毁我们的外敌就够忙活的了，全国应该团结起来一致对外、共同前进。四年前，波佐的老婆和年幼的儿子在这里发生的一起悲惨事件中被杀，一个年轻的失恋士兵堵住鞋店，用一挺轻机枪向里扫射，打中了九个人。波佐本人之所以得救完全是因为那个上午他正好到社保部门去对之前的评估进行申诉。为了纪念太太和孩子，他给教堂捐献了一只用斯堪的纳维亚的木头做的约柜④，还打算以她们的名义给足球场的更衣室捐

---

① 伊扎克·纳冯（1921—2015），以色列第五任总统，倡导协调解决阿拉伯与以色列的问题。生于耶路撒冷，是拉美犹太人后裔。任期内致力于改善拉美裔犹太人与俄苏东欧犹太人、犹太人与阿拉伯人、左派与右派的关系，很有效的调解了当时一触即发的不稳定局势。

② 伊扎克·沙米尔（1915—2012），1983年起担任利库德集团党魁。1984年大选时利库德与劳动党合作，佩雷斯任总理，夏米尔任外交部长，1986年时互换职位继续执政。对巴勒斯坦武装行动采取强硬态度。

③ 西蒙·佩雷斯（1923—2016），曾担任以色列总统、总理、外交部长等职。被称为人民公仆，为以色列国防发展做出巨大贡献。努力实现中东和平进程。

④ 《圣经·旧约·出埃及记》有如下记述："摩西登上西奈山领受耶和华的律法和诫命。耶和华用手指写十诫（Ten Commandments）在两块石板上，与人类定约。法版装进按上帝旨意精制的用皂荚木打造、内外包精金的华丽容器中，由摩西拿下山告诉以色列人上帝的吩咐。"这一容器称约柜——装载盟约的木柜（The Ark of the Covenant）。

一台空调，这样运动员们在中场休息时就能凉快一会儿了。

人行过道的尽头，在波佐的鞋店旁边，有一些市政设施的长凳，还有一个下面带沙坑的塑料滑梯。在印第安山毛榉树中间时髦的混凝土花坛里，几株矮牵牛花奋力生存着。瞎子路波就坐在一张长凳上，面朝炎炎烈日。他的身边全是鸽子，有几只甚至停在他的肩头。他的拐杖像锚一样安全的戳在两块铺路砖的夹缝里。人们说，他在保加利亚老家时在安全部门任高级职位。在泰勒科达这里，他晚上在电话交换局工作，用指尖照看按键和开关。每天早晨他都坐在小公园，套着他的灰狗，直瞪着太阳，撒玉米粒喂那些在他走到长凳之前就围着他扑扇的鸽子。有时，某只鸽子会信赖他而毫不设防地落在他膝头，任他抚摸羽毛。他站起来时偶尔会绊到狗身上，他就会礼貌地小声说"对不起"。

阿娜特和奥哈德，一对订了婚的男女，站在毕阿尔金先生的家具店门口。他们在寻找既适合三居室、又能与窗帘相配的室内装潢用布艺织物，但他们的品味不同：他喜欢的她都觉得丑不堪言，而她喜欢的都让他联想到波兰军官光顾的妓院。她不怀好意地问他这种经验之谈从何而来，他则草草收兵。"你瞧我们这样，瞎吵一通。"阿娜特答道这不是争吵而是意见分歧，而这很常见。奥哈德提出了一个折中方案：

周末过后我们上贝尔谢巴，那儿的选择更多。那正是我一早提议的啊，她耀武扬威地呱呱道，可你就是不听。毕阿尔金先生温和地插话道：也许女士想看看目录，要是里面有什么她中意的，我可以周二到特拉维夫去弄回来，上帝作证。奥哈德从他的角度纠正她：我不否认你是提议了，但也是你说的先上毕阿尔金这儿来，要是在那儿没看到好的……他的未婚妻打断了他：我不否认我这样说过，但你也不能否认你同意了。男青年勉强承认了这一点，但请她回忆他对此是有所保留的。保留，她说，你一下子就变成律师了？接下来要安排起诉了吧。

他们离开家具店后毕阿尔金说，如今就是这样。伤心难过然后完蛋。我能为您做点什么，西奥先生？一张摇椅？木制的？不，我这儿没有您想要的。我有一张能摇的电视椅。现在可没人再生产那种老摇椅了。西奥谢过他离开。他想起《悼念亡儿之歌》组曲里开头的一首叫《太阳再次升起在东方》，但他不太确定。最好让诺娅在学校图书馆查一下，她花在那里的时间颇长。

恩德培法拉费门店前面，站着一个五十来岁的贝都因人，正在买烤肉卷。烤肉卷是个新冒险，阿弗拉姆欢快地向那个贝都因人解释说现在还是试卖期。顺利的话，几周以后我们会尝试出售烤肉串。正当此时,一只尾巴高翘、傲慢的白猫昂首从卡什纳几天前刚下了小崽的母狗身上一跃而过。母狗假装睡觉,但一只眼睛张开条细缝,观察这傲慢的程度。猫和母狗都表现得好像一切状况都是为了尊严。老卡什纳对西奥说:怎么了,好多天没看见你了。西奥的左眼眯起来,像是在看显微镜,回答说一切如常。你要是想要只小狗,卡什纳说,但西奥从权威的胡子下面坚定地打断了他,不要,谢谢。根本不需要。

十一点一刻,一个小小的送葬队伍路过红绿灯,只有不多的几个送葬的人,大部分是上了岁数的欧洲犹太人。皮尼·波佐坐在他鞋店门廊前那永恒不变的凳子上问,死者是谁、怎么死的,装订商卡什纳告诉他那是老伊利亚,药剂师沙兹伯格上了年纪的叔叔,那个瞌睡的老傻子,整天都在逃离邮局和侵入邮局之间反复。每隔五分钟,他都会排到队里面来,一轮到他他就会问伊利亚什么时候来,不论人们怎么赶他,他总会回来。

送葬的队伍行色匆匆。护柩者们几乎是一路小跑,眼看就要到安息日了,日落前他们还有很多事要准备。年长的哀悼者努力喘着气,但棺材和送葬的人中间还是拉开了距离,走在前面的和后面的人也间隔开来。如此混乱中,盖在一张泛黄的晨祷披巾下面的尸体看起来像在痛苦地翻腾。一位浅色头发、没什么胡子的虔诚青年带头疾行，咔嗒咔嗒摇着一个锡铁罐子，宣扬施舍救济能使人免受死亡。西奥想了想，觉得这一点并无定论。

香榭丽舍发廊里，理发师薇欧莱特和玛德琳姑嫂大声争吵起来。广场另一端都能听到她们的喊叫。一个嚎啕道：你自己都不知道自己说的是真话还是肮脏的谎言。另一个扯着嗓子还嘴说：臭三八，就是你，你敢说我肮脏。她们都上过穆奇·佩莱格的床，恐怕现在还这样。穆奇·佩莱格正在加利福尼亚咖啡馆里和一群出租车司机喝啤酒，他详尽地比较了这些喊叫的声音，引出一片沙哑的大笑。穆奇用他六个指头的左手紧攥着冰凉漫溢的啤酒杯，然后他们喜气洋洋地聊起保值股票来。与此同时，送葬队伍消失在泰勒科达地方议会大楼后面，吉勒阿店里的人群也消失了，还有很多报纸等着出售。漂亮的莉莫·吉勒阿站在收款机后边盯着阿娜特和奥哈德，他们已经离开家具店，进了电流时装店。卡什纳用下巴朝她点了点，对波佐说，瞧瞧那位是怎么待自己的吧：活脱一个戴安娜王妃。波佐难过地说，俄国移民拥入以前，她可算得上是国家级的大提琴演奏家。现在从俄国来了上千个她这样的人，她就不算什么了。这就是名人：就像水。昨天还渺无踪迹，今天就动起来了，明天又无影无踪了。你还记得有个叫尤拉姆·梅里德的总理吗？曾经家喻户晓的？老是上电视？听说他现在在内坦亚十字路口开了一家商场。这就是名人。

西奥买了份《晚报》和一份当地报纸，到加利福尼亚咖啡馆坐下，点了一杯西柚汁。穆奇·佩莱格请他坐到他们那桌来，他管他那桌叫"律法圣人委员会"。西奥犹豫了一下说，谢谢了，也许下次吧。穆奇加了一句，就像正在打绳结的行刑人递给死刑犯香烟时死刑犯说的一样。

西奥浏览了一下大标题。新生敌意的风险。北部城镇阿克的一名聋哑离异妇女活烧前夫的情人。交通部长离开庆典以示抗议。油价将从周六午夜起上涨。安全部门阻止了……他脑海里，还追随着欧洲犹太人安息日前夜那匆忙的送葬队伍，这会儿他们肯定已经走过旧车废弃场到达市政公墓了。他们会先把担架拿下来放在墓地通路上：无论是否乐意，他们都得等落下的人们赶上来。之前的匆忙全是白费：最后的送葬者到达之前他们无法开始。阴郁的匈牙利灵歌唱师把肺里吸饱了空气，脸涨得通红，颤抖地唱出祈祷词"我主饱含激情"。他亮出一句习语，"愿他在天堂永生"，俯下身来说"他将在最后的审判日面对命运"，送葬者说"阿门"。然后他们把药剂师沙兹伯格推上前来，要他一字一句重复灵歌唱师咕哝出来的句子，赞美和赦罪，用带着欧洲犹太人口音的亚拉姆语，速度很快富含节奏。他每天都会消失，但人们从不担心，因为一到八点他准会出现在邮局里，孩子气的蓝眼睛里闪着羞涩的笑容，那种羞涩男子的笑，忘记了是什么让他快乐。祈祷文领诵人请求得到死者的宽恕，原谅葬礼准备或葬礼本身的不足之处可能导致的对他的不敬，并正式将他从生前曾经隶属的一切组织中解放出来。他有时会在街上迎过来，礼貌地鞠上一躬，蓝眼睛闪耀着温暖和情感，用柔和的声音问你：原谅我，先生，您能好心地告诉我伊利亚什么时候来吗？这就是为什么全城人都称他为伊利亚，有时候也叫他药剂师沙兹伯格的伊利亚。

掘墓人把帆布斜拉起来，这是一项需要精确配合、精密操作的工作，那个没什么胡子的虔诚青年轻轻抓住死者的脚，像个娴熟的接生婆般让裹好的尸体顺利地从担架上滑进墓坑。他们飞速拉开晨祷披巾，就像是剪断脐带。然后放落五块混凝土预制板，接着拿起铁锹，把事先用灰色水泥框围起来的泥土铲过来堆出一个土堆。坟头上，位置大概是在逝者高贵额头的上方，他们放下一张金属牌，上面刻的不是伊利亚，而是古斯塔夫·马尔莫莱克·利普。哀悼者尴尬地沉默了几分钟,好像是不知道接下来应该如何是好,又或者是在等待什么必要的暗示,接着一个人弯腰放下一块小石头,其他人如法炮制。有人走向大门,烟瘾上来了,其他人都跟着他去了,又是急匆匆的。这是周五中午,时光向晚。主掘墓人锁上了低矮的铁门,铁门上竖着生了锈的铁丝网。几辆车发动了,蜿蜒前行消失在山后边。鞋匠波佐的太太和孩子就葬在这里,在上面的区域,四排之隔就是士兵阿尔伯特·约述亚,他因为单相思而将这对母子和店里所有顾客用轻机枪杀害,十分钟后被警方的神枪手一枪击毙,在前额正中,眼睛之间。今天的尸体被安排永眠于十二班的年轻学生伊曼纽尔·奥维埃托和两天后因脑溢血而亡的姑姑旁边。男孩的妈妈已葬在阿姆斯特丹九年了。万物安详,山丘下沙漠中礼拜五宁静的正午。黄蜂不停地嗡嗡环绕着一只生了锈、漏水的龙头。东来之风轻轻吹拂着松树的针叶,两三只鸟儿隐于其中,还要在那儿叫上一会儿。尽头的坟头再往前,是一个被铁网拦着的陡岩,军队禁止人们入内,他们说那边是一个宽阔的峡谷,有好多秘密装置。西奥付了饮料钱,返回办公室。他得再看一下他的俄国清洁工,看她丈夫有没有拿着斧头找过来。诺娅再有几分钟就到了。"沙漠时尚",他打电话问过了,礼拜五开到一点钟。小公园里,盲人和狗还坐在那儿,周围仍然全是鸽子。这会儿他正从军用水壶往塑料碗里倒水给它们喝。西奥忘了买纸上写的那些办公文具。下周会买的，不着急。另外，他还把仅浏览了大标题的《晚报》丢在加利福尼亚咖啡馆的桌上了。本地报纸也留在那儿了。此时，简单的回答是，对不起，先生，我不知道伊利亚什么时候来或者他是不是真的会来。我认为他不会来。但这不是问我的问题。

她最后选定了一条浅色的裙子，有点土气，像是巴尔干风格的，胸口下面有个蝴蝶结。一开始，她对着这条新裙子露出了少女般的快乐。在镜子前跳舞般转动着肩膀和屁股。但初始的快乐过去以后就犹豫起来。是不是太民族风了？太招摇？而且，在什么场合里她才能穿这样的裙子？你跟我说实话，葆拉，是不是有点像民族舞蹈队的道具服装？女导购宣称她们俩，裙子和诺娅，就像美酒和音乐一样是为对方而生的，她在镜子和女导购中间苦恼了十多分钟。女导购马上向诺娅保证会帮她拿掉垫肩、把后面改短些，也许再把蝴蝶结往下挪动一两英寸。

　　我站在收银台旁边的角落里，没吱声。我觉得这个女导购在她夸张的亲和背后，满肚子都是嘲笑。但我没有掺和。我继续站在一边，手插在兜里，隔着手绢摸索哪个钥匙是车钥匙、公寓钥匙、办公室的还有信箱的。然后我开始数钱包里的硬币：八个谢克尔八十五阿高洛[①]，除非那个阿高洛其实是一个

　　[①] 以色列货币单位。1谢克尔=100阿高洛。

谢克尔硬币，那样的话一共就是九个谢克尔八十阿高洛。

大约过了一刻钟，她做出了有违自己意愿的决定，她问了我的意见。

转个身，我说，站直了。走过去。就这样。

你喜欢吗，西奥？

还可以，我想了想说，只要你觉得合适。你要是拿不准就别买。

诺娅说：但这是你给我的礼物不是吗？

葆拉·奥莱芙急忙插嘴道：可以和这条皮带搭配，或者这条。试试这么系，系在边上，或是正中间，都漂亮极了。

诺娅突然看了我一眼，流露出请别离开的神情，像是从生命的内核送过来一股热烈的冲击波。我颤抖了。

西奥？

我建议她，若是还拿不定主意，现在是星期五下午，星期天上午这条裙子还会在这儿。着什么急呢？

出来时她说：真遗憾。我挺想周末就穿的。我被你的逻辑分析绕住了。

我说要是星期天那条裙子还是不能让她满意，她可以等再去贝尔谢巴或者特拉维夫时找找更合适的。诺娅让我别老暗示她的这些出行。她还将一如既往的在需要的时候出去，不用我批准。而且，谁说她需要新裙子了？怎么突然一下子就蹦出裙子来了？是你说今天要给我买条裙子，西奥，但和往常一样你用平衡的算计破坏了一切，你那些有什么问题，着什么急，一方面这样，另一方面那样，还有你把我变成反复无常小丫头的一贯伎俩，还暗示我的出行。你可真不好相处，西奥。

我说我没暗示。

诺娅说：但你就是这么想的。别否认。你脑子里坚信我捡了的这么个项目，不是项目，不如说是爱好，是毫无必要的，愚蠢而且非我力所能及。

我说没这回事。

于是诺娅快哭出来了，说：可我现在就想要。我周末就想穿。我们回去好吗？

我们在科达饭店门口掉了头又开回"沙漠时尚"，正好赶在葆拉·奥莱芙关门之前到达。她为我们重新打开了门，诺娅又穿上了那条巴尔干风格的裙子。葆拉说她就知道我们会回来，她一眼就看出这条裙子喜欢诺娅超过诺娅喜欢这条裙子，穿在她身上显得那么有朝气，那么相称，特别酷，就像她女儿总说的，诺娅，你一定认识她，塔尔·奥莱芙，八年级时你教过她。

我拿出信用卡时诺娅突然羞涩地说，她还没有百分之百下定决心。她要我这次说出自己的真心想法。我说：你好好想想。问题是你穿着这条民族风的裙子感觉好不好。

葆拉·奥莱芙问我是不是赶时间。诺娅说我不帮她拿主意，就别再给她施加压力了。你太难对付了，西奥，越来越不开心。民族风这样的词不是真从你心中的善意里冒出来的。然后她转身问葆拉她有没有类似的但花边不这么明显的裙子。

两点一刻我们又一次离开了商店。没有裙子，也不再有我们一起进商店时浅浅的情感默契，那是夜晚的余温，从昨天晚上留下的，现在我们失去了它。即使我指出最先说"民族风"的是她，而不是我，也无济于事。回家路上我们在帕勒莫草草吃了一顿比萨，这样就不用回家做午餐了，三点之前我们在超市完成了周末采购，拿了干洗的衣服。我们一起把塑料袋里的东西放进冰箱和厨房的柜子，把衣服放进衣橱。诺娅说一眼就能看出葆拉是那种从你的快乐中得到快乐的好人。这样的人可是稀有产品。她就像在给自己挑裙子，而不是要卖给我。我很高兴我们回去了，她说那条裙子喜欢我。你没在听吧，西奥，你不喜欢待在那儿。你表现得不太好，一点都不在意我，但葆拉不该承受那股北极寒流。

这么热的天儿来个北极寒流，我说道，也不错啊。我继续道，我可不觉得奥莱芙太太像你说的那样。她看起来工于算计。不过当然我可能错了，这可能对她不公平。这引来诺娅对我的"性格"的几句严厉地评价——我总是觉得别人在蒙我，总是事先就抱有负面思维，任何场合我都疑虑重重、防卫过当，好像别人都是敌人。整个世界都和我们作对。反正西奥眼中的世界就是这样。我父亲是个暴脾气，甚至有点攻击性，他能朝你扔把手甚至发狂，对我暴怒，朝我扔收音机或是把收音机扔到墙上砸烂，但是他不尖酸，也不冷嘲热讽。有时候你简直比他还任性，比他还要野蛮粗鲁。

你这突发的判断是不是太非黑即白了，诺娅？

对你来说所有的事除了黑还是黑。

她离开房间，脸涨得通红，火星儿乱蹦，愤怒地推开门，但在最后一刻把住没有摔门，轻轻地将它无声地掩上。

她冲澡冲了很长时间，显然是凉水澡，然后把自己关进卧室休息，因为昨天晚上，她说直到大概凌晨三点才倒在起居室的沙发里睡着：你的紧张，西奥，像气味一样充满了公寓。

我完全知道该怎么还击，但我忍住了。我集中精力想了一下，没发现我有什么内在的紧张，只有挥之不去的倦怠。她关上房门后我回到自己的房间，手上没有周末的《晚报》

和本地报纸，都留在加利福尼亚咖啡馆了。BBC全球播报，从伦敦，经过直布罗陀、马耳他、塞浦路斯的中转站，给我带来南美热带雨林遭到毁坏的具体而冷酷的报道，属于《自然之死》系列报道栏目。热带雨林又勾起了几个回忆，不过我对"自然之死"这种为震撼听众而拟出的表述无动于衷。恰好相反："自然之死"对我而言颇具抚慰效果，我甚至睡了二十分钟，直到这个节目接近尾声、下一个关于航道改线的节目开始时才醒过来。帮助她的唯一方法就是不要试图帮忙，我得忍住一言不发。多少次我只是因为想帮忙就惹得她泪水涟涟？有一次，她不在家时，我把整个公寓里她乱丢的纸条收集起来：厨房桌子上，起居室茶几上，电话旁，她卧室里的书架上，走廊和起居室的架子上，冰箱门上磁铁下面，她的床头柜上，还有她床脚的地板上。我把这些搜获品拿到我的房间、放在桌上，花了将近三个小时替她分类整理：信件放在一堆，草稿和记录在另一堆，有公众意见调查，她用一手漂亮字从图书馆员专门为她摆放的有关麻醉品的希伯来文和英文书里做的摘抄，制法和配量，影响，上瘾和康复。还有一堆是内容说明，以及来自各个组织机构和部门的不合作或否定的回答，有些彬彬有礼有些则不，还有成百上千张写着电话号码和开会日期的纸条。

初步整理之后，我把带日期的放在桌子左侧的那堆里。我把它们按日期、主题和收信人排好。我替她把电话号码全抄在一个小本子里。我清出一个自己的文件夹，把她所有的文件分成八类，用不同颜色的分隔纸板隔开，在纸板上明确的写出每项的内容。

真棒，她回来之后说，妙极了。如此井井有条。谢谢。

下一秒钟，满眼泪水：谁允许你，西奥？这不是你的东西，是我的。

我做了保证。没再碰过它们。甚至当整理好的东西又散开来，再次像羽毛般落在公寓每个可能的角落时，我也一言不发。

还有一次，我上午离开办公室到红绿灯对面的印刷店去，以她那个委员会的名义订了些印有抬头的便签纸以及一本收据，我甚至留了家里的电话当作他们的暂时联络电话。这次她既没谢谢我也没眼泪汪汪，只是用平静、冷硬的声调说，仿佛在训一个搞破坏的学生那样：西奥，这样下去没有好结果的。

我说：试着理解，诺娅。凝神想想，我注意到，除了你的非洲捐助人，那个吸毒孩子的爸爸，你至少还有两项恩惠来源。都是小小不言的，实际上微不足道。但是，你要明白本地法律规定任何捐款，不论有多小，都必须开出正式收据。否则就是违法。你当然不希望我们惹麻烦。

她站起来，转转她浅色的裙子，把左颊的头发猛地甩到脑后，好像对我摊牌似地说：我们不会惹麻烦的，西奥。最多是我，不会是你。你依然是眼睛里的光华。你不参与其中。

要是我再倔强些，我能简单地向她说明，尽管我承诺不插手而且一直恪守承诺，但严格来说任何与她有关的事都牵扯到我们俩，原因很简单，我们在银行有一个联名账户。更不要提那个父亲每月寄来的维持委员会运转的三百美金了，除她以外没人知道这笔钱她到底是怎么支配的。然而我没有再啰嗦，只是说，你瞧。这些收据，不管怎么说已经印好了。放这儿了，桌子上，留在这儿你自己看着办吧。

贝尼兹利，她突然冷哼了一下，那个谄媚、油头粉面的地中海人，说你是人中天使。你知道自己是什么，西奥？一块墓碑。不过无所谓。我的头疼起来了。

我回到走廊继续熨衣服。内心里我同意她的观点：这毫无希望。泰勒科达永远都不会有什么戒毒疗养所。就算有了，一个月之内也必定关张。不过，这是她给自己找的一件事儿，不要我帮忙。我必须归于无形。然而也许，另一方面来说，我也许该找到那个奥维埃托，跟他说点什么让这个荒唐事永远离开诺娅，想办法确保她永远发现不了我如何找到了那个骗子，也发现不了我对他说了什么以及我如何把她从麻烦中解救出来。但是，算了。我还是等等吧。

星期六。下午三点。西奥穿着汗衫躺在他自己房间的地板上，电扇在旁边吹着风。我坐在厨房桌边，面前摆着葡萄和咖啡，读一本美国的论著《成瘾的化学因素》。多年来，两个互相对立的学派一直在争论毒品成瘾究竟是一种病理，还是人们天生倾向于依赖所谓对精神有影响的物质，比如那些在烟草、酒精、咖啡、春药里找到的物质。实际上从某种角度来说，人们可以说导致依赖的物质无处不在。由此人们认为毒品成瘾有点类似于某些已知疾病，比如糖尿病这类具有遗传因素的疾病，还有那些病情的发展或停滞易受外在环境影响的疾病，尽管人们对此还有一定程度的保留。戒除了毒品的人仍会有长期潜在的问题，也就是说他比其他人更容易复吸，可以用那句希伯来谚语作为括号里的注释"极易重归罪恶之路"。我在阅读过程中，会在纸上写下我想到的问题和异议，当我把这句话抄在纸上时，我觉得它不对。穆奇·佩莱格突然出现了：激动，上气不接下气，头发乱蓬蓬的，他飞扬的卷发像白兰地酒广告里年轻思想家的头发，穿着流行的肥腿裤，清新的红衬衫开口处系着一条风雅的丝巾，一个五十岁的小青年，穿了一双天蓝色耀眼的鞋子，鞋面上大写字母 B 上有几个小透气孔。他数百万次请求我的谅解，但他有十万火急的事情要说。他总是有急事要说，不是这件就是另一件，总之都刻不容缓。有时候我也挺喜欢他这种难以抑制的热情。

我抬起手想把身上那件浅色裙子的衣扣系上，发觉已经系好了。我让穆奇在厨房桌子的对面坐下，合上书，把作记录的那张纸头当了书签。我无视他的抗议，给他倒了一杯冰可乐再递给他一些葡萄。西奥哪儿去了？歇着呢？万分抱歉在这样一个不会客的钟点闯过来，我平时还是会很神圣地对待周六下午的。但是突然出了点事儿，今天非得决定才行。顺便提一句，你穿这条绿色裙子就像花茎上的鲜花，不过任何鲜花在你身旁看起来都会像野草。长话短说，要不是眼下有这件棘手的事儿他就要马上跪下来，要是我能爱抚他一下，就像没腿的男人对缺臂的女人说的那样。他开玩笑般抬起那只六指的手，一根手指做成手枪状对准太阳穴，以此表达那份无望的单相思。他可能想幽默一把，发现没有成效时他笑了，说没关系。接着又说，我现在正和琳达处着呢。不过那不是我来这儿的原因。要点是，我们得告诉西奥出现了一个大好机会，错过它简直就是犯罪。一句话，我给我们找到一幢房子。实际上是一座宫殿。才只要八万五千美元，不要中介费，因为我就是中间人，唯一的条件就是明天起草一份协议，然后最迟在周二早上之前要做好合同，交钱，交接所有权，双方签订合同。

我要他从头说起。

好的，小姐。抱歉，老师。嗯，是这样的。你肯定知道那栋孤零零的建筑，瓦屋顶，就在工业区附近。阿尔哈里奇的房子，谁都知道的嘛，就在本·卢露车库对面。空置了差不多一年了。长话短说，是这么回事。在这个城镇开始兴建时，这个叫阿尔哈里奇的内坦亚来的电视进口商有个好主意，打算做高级买卖。要把房子租给艺术家们，供他们和沙漠密切交流，或者和周围的玫瑰花骨朵乐一乐，如果你听说过这种选择。但很快就发现这不是个诱人的提案，有埃拉特、阿拉德、米兹佩拉蒙，根本不缺沙漠天堂。这个叫阿尔哈里奇的家伙把房子租给了沙漠资源会，他们让开发油井的工程技术人员住了进去。长话短说，你知道情况，他们钻啊钻可什么也没钻出来，所以房子就空了，没人可租，现在这位先生哭着喊着急着要把它卖掉。最重要的就是赶紧脱身，就像白雪公主对七个小矮人说的。长话短说，他要价十万美元，但我砍到了八万五，承诺本周他就能拿到钱：这家伙现在出了点儿事，法警们追在他屁股后头，别问我怎么知道的，诺娅，我有自己的办法。问题是这个老浑球，不好意思，与佩莱格公司（也就是我）接触的同时还接洽了巴格罗尼兄弟公司，那几个新代理人，畜牲，这话可没想侮辱真正的畜牲。他们那儿也有个买主，一个执业牙医，一个阿根廷人，新来的，尼尔和德莱兹纳的竞争对手。别问我怎么知道的，我有自己的办法。你再给我倒一杯可乐好吗？看你站站坐坐的就让我口渴，这条裙子像花茎上包的玻璃纸。长话短说，是这样的：我们比他们占了几天的先机，因为很幸运那个牙医现在正在军队履职、给人补牙。今天我们就得定下来，然后找仑·阿贝尔让他今天晚上给尼日利亚打电话。要是钱能到手，我们明天就得赶过去签一份临时协议，最迟在周一或周二付款办完手续。你怎么想？我是不是最棒的？说点好听的。要不亲一下？我彻底查了这个物业，干净极了：没有抵押、没有利息、没有第三方。你不用管这是什么意思，别想了，诺娅。你只要管生活里光明的一面，把丑恶的那面留给我。你赶紧把西奥叫醒，我们一起去看看这个白金汉宫啊。不过其实我应该阻止你这么做，让他继续睡，这样我们就能留在厨房这儿乐一乐，至少是理论上乐一乐，就像奶油在面包上摊开时面包说的那样。好吧,我道歉,顺口就说出来了。长话短说,小姐,我这是把诊所放在银托盘上献给你。价钱确实不低,不过你难道不担心我们得花上六个月得到相应的许可,可能还得自己动手建造,要真弄到了所有的许可,我们也得花上两倍的价钱再用四五年的时间。你难道不想说我很棒?那就别说了,你就是小气。你猜这礼拜是谁真的跟我说我是完美的?你不会相信的:一个埃塞俄比亚女人。离了婚的。招人爱的小尤物。你不知道他们也离婚了吧?这是我第二次和黑女人,相信我,真有档次。你要知道,经典级别。凌晨三点她终于发出那样一声尖叫,邻居们都以为是空袭警报。不过必须确保不让琳达知道。她肯定会误会的。长话短说,我们抓住了真理的瞬间。我们得让西奥评估一下那幢房子的现状,然后决定我们是要这个地方还是让给牙医。要我说,我们应该要它。我现在是以委员会一员的身份讲话,不代表房地产中介,我已经说了我这个中介分文不取。我是想尽快抓住它,就像哥萨克人对吉卜赛女郎讲的那样。虽然我们的纸头工作还没弄完,但我们又能失去什么呢?想想最差的结局,就算我们永远得不到规划许可,诊所永远建不起来,我们还是可以平静地对阿贝尔律师和神秘男子奥维埃托说那八万五千元就如同存在保险箱里一样安全:要是我们的事业搁浅,我负责在六个月之内把它卖掉，卖九万或九万五。我甚至敢把这给他们写下来。你觉得我怎么样？要不要说点甜言蜜语？

我说：你真棒。因为我一下子对这个竭尽全力让自己变成恶狼的、穿着天蓝鞋子的中年羔羊充满了同情。一头令人同情的、容易受伤的狼。更像是没有外壳的乌龟：任何女人发出一个小小的轻蔑暗示，都能抹去他在三十年的引诱女性的马拉松中得来的战利品。那一刻我看到了十二岁的他：矮胖、无人疼爱、聒噪、和别人一起嘲笑自己的六指，一个沉闷、逢迎的孩子，粘着每一个人，徒劳无功地取悦世界，当世界拒绝微笑他便陷入滑稽。他总是急于填充每个对话里的每段空白，以阻止任何可能否定他存在的沉默。无止境地用一段段孩子气的蠢话给公共营火添柴，柴火用尽时他会起身把自己的心扔进嘲笑的营火。一个失败的小青年。

将近二十年，他一直是个追着裙子转的离异者（尽管他本人否认追着裙子转、妙语言道他追求的是裙子里面的）。他将女性整体视为苛刻严厉的法庭，一致通过决议要求他不断取悦她们，而她们则从不满意。潜意识里他明白，就算他在那张永无止境的成果积分表上不厌其烦地加算着床上的得分，他也永远得不到自己渴望的宽恕。不论多么徒劳，他仍旧坚持，毫不怯懦，西西弗斯一般从一张床到另一张床喘息不止，似乎下一处便终于会给他带来那令人垂涎的光荣正式的豁免，一张让他中止无尽努力的证书。每一次，当他试图对我展现一个微笑、半严肃地表达他闷着的热望，我收到的信息不是渴望，而是一种对女性温和接受的期盼，尽管那会让他不知所措。于是他蹒跚前行直至精疲力竭，一次又一次的引诱，无休无止的嘲笑讽刺，一幕又一幕的卧室镜头，喘息和自吹自擂，无尽地担心，怕女人们会在他背后戏弄他，这个奥德赛般的俗套英雄让孤独的离婚女子、报复丈夫出轨的老婆、变得尖刻的中年家庭妇女填充自己的地盘。

穆奇，我说，你真棒，我对你那些埃塞俄比亚女人嫉妒得发狂。我怎么就遇不上一个埃塞俄比亚男人呢？但是你是否能告诉我房子里面都有些什么？你说里面是空的？

于是，必须投入资金进行改造的情况浮出水面。比如说，要铺新地板。比如说，洗手间的浴缸碎了，还有洗手池，连房顶都有点马马虎虎。内部也还需要做些改造，但那就不是他的专长了。最好让西奥跟我们上那儿转上半个小时，来个专业的一锤定音。要他给结构、墙壁移动以及加一个楼层等等提些建议。除此之外，瘾君子嘛，你懂的，窗户上还得有护栏，门上得有锁，我之前也说了围栏还不够高。长话短说，上面怎么也得花上好几千，就像摄影师对裸体模特说的。实际上，这取决于我们想再花多少钱。长话短说，面对变化我们得决断，我们拉上西奥，沿路捎上琳达和路德米尔，就是整个委员会了，去好好看看，就像那个长角的意大利人有一次对克里奥佩特拉说的。我们今天必须下决心，因为有那个牙医。对，我有钥匙。不幸的是巴格罗尼兄弟公司也有一把钥匙。不过那儿破破败败的其实根本用不着钥匙。你干吗那样看着我？破破败败是脏话吗？还是你突然看到了光明？意识到你终生寻觅的男人就站在眼前？好了，别发火。一不留神溜出来的话。我总是没法说出真正感受到的和真正想说的，这是我全部的问题。西奥来了。嗨，西奥。看到我们在厨房里窃窃私语妒火中烧了？要是真的倒好了。你睡了会儿吗？现在醒了？我们把你也拉进来吧。

不需要这样，我说。西奥完全没参与这件事。

西奥说：我只是来给自己倒杯咖啡，然后就完了。

穆奇接道：你说完了是什么意思？有谁死了吗？正好相反，听听这件事，西奥，然后跟我们一起去，好好看看那个地方，然后拿个主意。

我硬邦邦地说：不是西奥决定。是委员会决定。

这时候水开了，西奥给客人、给我和他自己冲了速溶咖啡。他拿来糖和牛奶，从冰箱里又拿出一些葡萄，洗净后搁进两个盘子里,放在大伙面前,然后说,怎么着,去还是留?多数意见是什么?

他没等人回答就转过身去,还穿着那件褪色的汗衫,他的肩膀厚实坚硬,他放弃了,拿着杯子走掉了。留下来的只有他的忧伤,一如往常裹住了我的肩膀。在他吱吱呀呀拉上的卧室门后,我猜到他身体前倾、双拳撑在桌子上,从后面看就像一只疲惫的老牛,静静地站着,仿佛等着体内发出些声音能让他从这等待中解脱出来。我回想起我们在委内瑞拉时,最初几次旅行的某一次里,我们乘一辆吉普车走一条尘土飞扬的土路上,在一个充满雾气的山谷里。他突然说,即便我们之间的情感是爱情,也希望我们还能继续做朋友。

我到他的屋里叫他回来,回到我和穆奇这里。我叫他的时候就知道自己犯了一个错误。

他坐进厨房中他常坐的椅子里,后背靠在冰箱侧面,静静地听阿尔哈里奇那幢房子的始末,问了几个简短的问题,一边听着回答一边极其耐心而精密地用牙签清洁盐撒的小孔,然后又开始清洁胡椒磨。穆奇总结道:不论怎么做都不会有什么损失。然后西奥宣布:我看不行。

可是为什么?

不论从哪方面说都不行。

我们现在上那儿去看看又有什么损失呢？就几分钟？好好看看那个地方？

没道理去。从开头就不对。

是因为你反对和诊所有关的一切呢，还是因为你觉得这特定的一步错了？

两者都有。

错过这个机会难道不可惜？

没有什么机会。

意思是？

我已经说了：我看不行。

到那一刻为止，我一直觉得我们找房子太早了些。我觉得穆奇·佩莱格太急躁了，没道理因为有或者没有物超所值的房子就贸然买下，而且因为时间紧迫当天就要做出决定是很不理智的。但是西奥的嘲笑，他的不屑，他令人窒息的无礼，他农民般的坐姿，穿着汗衫，叉着腿，从容不迫地从葡萄串上挑选中间的葡萄，这些都激怒了我。我爸爸的暴脾气突然之间像热油一般在我体内沸腾。在那一刻我决定只要这栋房子看起来合适，就绝不放过它。就像课堂上那个睡眼惺忪爱出风头的学生用哄孩子的声调说，噢，那个阿格农后来这样了啊，我就会气得发抖然后让她和全班同学写一篇很难下笔的文章当作业，分析抒情性旁白作用。

西奥，我说，我和穆奇当然不认为自己是实施项目的国际专家，或者知名企业家什么的。所以你只要用简单的希伯来语解释一下，我们为什么不该走这表面上看来颇为理性的一步。

表面看来，西奥说，好句子。也包含了你这个问题的答案。

不是我的问题：我们的问题。现在我和穆奇第三次询问你，你为什么反对购买阿尔哈里奇的房子，也不赞成我们现在去看看那房子是否合适？得到语言上的回答将比您那副鬼脸更让我们欣慰。

有十一条理由，西奥说，灰胡子下闪过一丝狡猾的笑意，可以解释为什么拿破仑的枪炮没有攻击斯摩棱斯克[①]。首先是因为没有弹药，余下的十条理由他恰当地拒绝继续聆听。你们提到的金额，即便不算上装修的部分，也早已超出你的捐款人承诺的捐赠额。还想听什么？

我们还有两个别的捐款人，我知道西奥知道他们的存在。

[①] 俄罗斯西部城市。

但我决定一言不发。西奥补充道：另外，我觉得我在本地报纸上读到的，是说你们要志愿组成一个小组来调研可能性，没说要购买房产。再说，连公共程序的初始阶段还没进行。而且，有人算过你们计划在这儿收容的瘾君子人数吗？照着现在这所房屋的容量，嗯？

等一下，西奥，我说。

另外就是资金，要是有的话，那也不是你的，诺娅。一个大姑娘不会拿着不属于自己的钱去商店买玩具。还有，要改变那栋房子的功用至少要得到四到五个委员会的许可。而且我可以严肃地告诉你，你从五个委员会那里都将得到负面的回应。你还得获取当地的规划许可，然后再……

好了。我们懂。但是为什么不去看一眼呢？

除此之外，还要摆平市政府、行政机构、本地政务委员会、地区政务委员会、规划的保证金以及进程、反对意见听证会、申诉，公众的反对意见、政治上的反对意见，至少三年。再就是卫生部门、福利部门、教育部门，又是两年。另外，谁持有土地拥有权？还有全体邻居的反对，包括法庭诉讼，最少还要五年的法律听证。此外，到底谁是买主？物业登记在谁名下？你们要如何描述目的？另外……还要我继续吗？哦？为什么不呢？

穆奇·佩莱格轻声咕哝道：可那儿也没几个邻居。

啊，欢迎你，佩莱格公司先生。原来你也在这儿。你代表新娘一方还是新郎一方？很好，您给邻居下个定义。一个法律上的定义，要是不太困难的话。请继续：到底什么是邻居？我说的可不是邻居的老婆。

谢谢你，西奥。我觉得这够了。

随你便，他偷偷笑了一下，一只眼睛眯着，像是从显微镜观察昆虫或是从照相机取景框中看我们。还有，我刚才说了吗？——我承诺过不打扰你们的聚会吧？我忘了。请删除这一点。再见。你们继续。

说完这些，他还是坐在那里，很放松，后背靠着冰箱侧面，紧盯着他的咖啡杯，从葡萄串上机械地摘着葡萄。他那只略小的左眼让他突然看起来像一个甩掉了债主的倒霉农民。

来吧，天使，我说，西奥没辙。我们去那儿看看去，然后召开委员会做出决定。

穆奇问：你不来吗，西奥？就十分钟？

西奥说：为了什么？

大约晚上九点，我们终于用穆奇办公室的电话联络上律师阿贝尔。他第二天中午从特拉维夫赶到，带来一个视察员和一名估价员。那个星期日我们到那栋楼去了四次，带着建筑工，屋顶工，修院墙的工人，管子工，比较报价。我觉得自己就像在梦中。

九点钟新闻过后，西奥说：好了。我去过了。我看了。不赖。你那个非洲人喜欢的话可以买下。他来决定。但条件是你不要在任何文件上签名，诺娅。不要署名，记住。

星期天晚上，住在科达饭店的阿贝尔和住在拉格斯的拉玛达饭店的奥维埃托通了电话。他准备授权购买这座房业，他对现场的人士有信心，但由于时间紧迫无法汇来承诺的资金。周一，这个学年结束了，发放证书之前，学校大礼堂举办了一个小庆典。文学课的学生们给我买了一棵装在大木盆里的橘子树盆栽。周二，临近工业区入口处、本·卢露车库对面的那栋破败的阿尔哈里奇的房子以相当于八万五千美元的以色列谢克尔出售，登记在伊曼纽尔·奥维埃托纪念基金会名下，基金会正式地址从此变为特拉维夫罗斯柴尔德大道90号彻尼亚克、利菲迪姆和阿贝尔律师事务所转基金会。西奥在阿弗拉翰·奥维埃托的代表律师仑·阿贝尔的许可下垫付了大部分资金，条件是我和他的名字不出现在任何有关买卖以及所有权的文件上。我们因为那个周二到特拉维夫去签署合同，得以在空闲时间一起出去好好比较了各种选项，最终在本耶胡达大街找到了一条我俩都喜欢的漂亮的浅色夏裙：颜色介于蓝绿之间，简洁的样式让人联想到宽宽的热带叶片，肩部几乎全部裸露。天黑以前我们就到家了，一同在阳台上看下弦月缺。

有一次她跟我说过她妈妈的事，她在诺娅四岁的时候和一个新西兰来的士兵跑了。后来，他俩被一只幼崽死于英国猎人之手的愤怒母虎撕碎了，她姑妈总是在冬夜熄灯以后、她睡着以前跟她讲这件事。这个姑妈，楚玛·巴塔姆，是一个信奉托尔斯泰主义的素食者，坚决反对任何暴力，是一个脚穿厚底方头鞋、意志坚定的女人。她每周三都斋戒，以此提醒身体只是个仆人，一个颇为懒惰、可厌的仆人，对这个毫无价值的仆人一刻也不能松心。诺娅的爸爸，水利公司退休员工内海弥亚·杜布诺，是个木桩身材、毛发很重的人，意志消沉，永远胡子拉碴，自打她妈妈跟那个当兵的跑了以后就把自己关在家里。他每天晚上下班回家以后，就关上大门，从里面锁上前门，然后退入自己的房间，身边全是收集的一册册风景明信片，沉浸在这顽固的静寂中，偶尔有无名的怒火充当点缀。无论冬夏，他每天晚上吃完煎蛋卷和沙拉以后都会坐下，在印有耶路撒冷或是伯利恒①的大卫塔的风景明信片背面写下几句，寄给其他国家的收集者。作为交换，他们会从海地、苏里南、新喀里多尼亚以及其他的地方给他寄来明信片，那些地方的天空不是蓝色而是青绿色的，破晓时的海水有金箔般的色彩。他会一直坐到午夜时分，按照一两个月一变的收藏原则对明信片进行整理、归类。随着时光流逝，他的身体越来越重，像个上了年纪的相扑手。他满身横肉，眼睛陷进厚厚的脂肪，偶发的暴怒之后总是持久的阴郁冷漠。诺娅有一套明信片的副本：她的任务是按照同一套时常更迭的收藏原则在电话黄页上做一套和真本相同的副本。除了她的姑妈和她古怪的儿子约什库，再没有一个活人会光顾这个家。这里的百叶窗冬天关着，为了防风，夏天也关着，为防沙尘。这座房子坐落在海弗谷一个边远小村庄的紧东头，对面是一座犹太教堂的废墟，其历史可以追溯到首批移民来到到时候。越过房子，荒芜一片，只有一个荒废的鸡舍、一些古老文明的遗迹、生锈的铁轨和一条标明停战界限的隔离墙，隔离墙那边约旦境内遍野都是岩石和橄榄树。我们两年前回去看了看，发现那所房子已经消失，在小屋和犹太教堂的原址上建起了一座花哨的水上游

---

① 巴勒斯坦中部城市。

乐园，还有纪念品商店和书报亭。隔离墙也没了。一九五九年诺娅十五岁时，内海弥亚·杜布诺掉入一眼废弃的水井跌断了脊柱，把自己永久的交托给了一把轮椅。她自此开始照顾他，她从未想过要结婚，因为无法设想他没有她将怎样生活，而且他自妻子离开后也没有再婚。她服兵役时，这名残疾人由他自己的姐姐照顾，就是楚玛姑妈，原则上她反对冬季取暖设备，禁止煎炸以及几乎其他所有烹饪手法。在她的统治下，这个家按照严格的时间表运行、绝对服从家务活儿的顺序，三张时间表分别贴在屋子里不同的地方。屋里萦绕着薄荷、夏香薄荷和大蒜的味道，即使当姑妈穿着厚底方头鞋出门一两天到卡尔迈勒山挖掘神秘的根茎时，这种香辛料的味道仍旧弥漫。房顶上和所有的窗台上，都是种在花盆和脸盆里的草药，有助消化的、药用的还有回春的。诺娅复员以后，花了足足三年时间才夺回照顾那个残疾人的权力，他的身体像吸了水的海绵那般膨胀了起来。最后，姑妈在热浪席卷的一个黑沉沉的日子里，因为挖掘柠檬树的冲突殴打了当地政务委员会的秘书。第二天她埋伏着等他出现后朝他泼了热油。当邻居"偷窥狂格罗沃依"，那个号称二十世纪二十年代在罗兹[①]得过举重冠军的人，从他的花园里跑过来，斗了

[①] 波兰城市。

几回合后占了上风时,她差点朝诺娅也泼去热油。经历了各种治疗以后,楚玛姑妈进了一家专门为患有精神困扰症的素食者开设的私人疗养所,那是荷兰来的一个反战家庭创办的。诺娅夺回了父亲,除了做饭打扫卫生以外,她接手了收集明信片、以及给世界各国的收集者写回信的任务。她把盆里种的药用、回春草药拔掉,种上了花。每周三她都会去圣雄甘地疗养院看望姑妈,给她带去从未受过农药污染的新鲜果蔬。楚玛·巴塔姆快死的时候突然对薯片、芥末和香肠产生了特殊的憎恶,并使用具体而富含色彩的语言痛斥所有类型的烤肉。她死于上午十点,当同院病人正在享用早茶、三块脆饼干和一个橘子时,她在疗养院花园里被一个病友用毛衣针插进右眼直穿大脑而亡。至于内海弥亚·杜布诺,在诺娅的印象里,随着他年纪增长身材发胖,仿佛一个筋疲力尽的摔跤手,他也越发快乐起来,仿佛他的愤怒已经耗尽或是他完成了分内的苦修。他用粗哑的声音唱歌、说笑话、模仿政客,对诺娅说第三次移民潮的领袖们和水利公司创始人的八卦消息逗她开心。他对那些风景明信片失去了兴趣。越来越觉得总的来说生命、理念、词句、人类行为是荒谬的、自相矛盾的事情,只能揭示出愚蠢和虚伪。诺娅每天早晨把他的轮椅推到屋顶上。老头儿有一架高倍望远镜,他很喜欢几个钟头待在那儿观察下面的路。时不常的,一辆拖拉机开了过去,或是一个骑驴的女孩儿,或是从果园放工回家的一群阿拉伯人。内海弥亚·杜布诺学着"偷窥狂格罗沃依",也开始用望远镜探索起邻居们的生活,透过整个夏天都开敞的窗户:一个孤独、自娱自乐的滑稽的观察者,关注自己以外所有的人。在遭受第一次意外之后十七年,他遭遇了另一次意外。有一天晚上诺娅到杂货店去买点儿油和洋葱,当她趁着最后一道天光赶回家时,发现她爸爸坐在轮椅里从房顶上摔下来了。他像往常一样想把自己大山似的身躯从屋顶这一端推向另一端,用强壮的手臂转动轮子,结果冲破了围栏从边上摔了下来。等她发现爸爸把小屋登记在表兄约什库名下时,她觉得这预示着她追求自由、开始生活的最后一个机会来到了,这机会对她来说就是进大学去读书。这个约什库,诺娅唯一的亲属,是楚玛·巴塔姆和一个莱比锡小提琴匠人的儿子,这个小提琴匠人最后成了哈代拉①的一个消防队的指挥员。照诺娅爸爸的说法,他们的韵事持续了三周半。约什库出生时,这位前小提琴匠未来的消防员到了布鲁塞尔,娶了一位佛莱芒乐团的音乐家。而她的姑妈和孩子在海法②的一间租来的屋

---

① 以色列沿海城市。
② 以色列北部港口城市。

子里住了好几年,屋里有两张铁床,一只装衣服的箱子,屋角塑料帘子后面还藏着一个洗手池,淡蓝色的塑料帘上漫布着一块块霉斑。姑妈每周两天在反战联盟做秘书工作,还在素食者协会打一份零工。她每晚出门,全副武装,像一艘被派去解救遭围港口的驱逐舰,去参加事务委员会组织的"推进种族与宗教派别相互理解"集会。约什库有好几年是在托尔斯泰青年农场成长的,后来他逃回母亲身边,再后来时常溜去找脾气暴躁的残疾叔叔和表妹,表妹一出现,他就会喋喋不休说个不停或者终日不语。后来他从海法消失了,在加利利的一个阿拉伯村庄生活了三个月,从那儿给诺娅寄来一封二十八页纸的激情洋溢的情书,参加了罢工和示威活动,在杂志上发表了两首诗,十七岁时上了报纸,报纸报道了这个成长于反战家庭的青年为逃避兵役转宗成了穆斯林的详情,有一个头条还呼吁左翼阵营停下脚步扪心自问。最后这个年轻人找上了一个哈西德派的小分支,也没准是宗派的密使找上了他。军队刚刚因为他的神经问题给他放假,哈西德派的人便把他带到了布鲁塞尔,那是一九六二年,诺娅刚入伍,开始在军队教育部门的总部服役。这时楚玛姑妈只剩下自己一个人了,于是离开她在海法的那间租屋,便来到海弗谷东的边远小村庄紧东头这间小屋来照顾她的残疾兄弟。直到后来在私人疗养院被毛衣针刺死。父亲去世后,诺娅发现他之所以把房子留给约什库而没给她,是因为"希望他能离开邪恶的边缘,在沙仑①的土地上重新扎根。"约什库既没从疏离状态回归也没在沙仑的土地里重新扎根,而是从布鲁塞尔雇了一名性情忧郁、超级正统的律师,活像个礼数周全的棺材推销商。他用轻快的房东口气对诺娅遗憾地解释道,她若是想对遗嘱进行申诉,唯一的办法就是到法庭当众宣布自己已故的父亲写遗嘱时神志不清,或是在拿遗嘱开玩笑,再或者就是证明他当时是受到他姐姐楚玛·扎莫斯克·巴塔姆的胁迫,因此遗嘱不能成立。然而,律师宣布说,这些指控都很难站住脚,证据很难令法庭满意,事情肯定会变得一团糟充满羞辱,两手空空,还让自己在公众面前成为无理侮辱亡父记忆的女儿,愿他安息,也愿姑妈安息。而且你还会因为攻击在世的唯一亲人罪加一等,而他只想解救你或至少是帮帮你。总之,事后整个家族将彻底陷入泥潭,你也将一无所获,一分钱也得不到。而如果你够聪明,不上诉,我现在就能在这里签署,我有权签署,以委托人约什亚胡·萨拉沙洛·扎莫斯克的名义签一份声明,表示他出于自愿而非法律要求,

---

① 沙仑(Sharon),见《圣经·以赛亚书》33:9。

将资产的四分之一赠予你，这是一份礼物而非义务，为表达友好的态度，也是对不抛弃血亲这一戒律的服从。

于是，她在三十二岁时离开曾是她自己家的房子，把所有的财物装进三只箱子，将收集的风景明信片作为礼物捐献给圣雄甘地疗养院，然后上特拉维夫大学和比她小上十岁的同学们一起专攻文学。那以后，她在巴特亚姆①当上了中学老师，和年长的男性同居过一两次，费尽周折做过一次人工流产，最后和一个来自布拉格的著名教授同居了六个月。教授退休后全身心地扑进六卷本《犹太精华》改编版的准备工作中。这个教授为人乖戾，好挖苦人，他的爱好，从年轻时起就是给钢琴调音。不论何时，风雨无阻，他时刻准备着把一小包工具往腋下一夹前往任何地方。他不年轻，也不富裕，但他无偿地给人调琴，只要琴是货真价实的战前钢琴。一天，教授接受了在斯特拉斯堡天主教大学的迎宾楼渡过余生的邀请，他希望能在那里心平气和地重新找到犹太精华。诺娅觉得她也应该离开这个国家一两年，看看还有没有别的活法儿。朋友给她在委内瑞拉找了一份零工。就在那儿，在加拉加斯，多亏两张音乐会的入场券，我们相遇了。自那以后连在了一起。

---

① 以色列滨海城市。

九点的新闻和天气预报之后,西奥说,关上电视出去待会儿吧。我脱下在家穿的裙子,穿上一条牛仔裤、一件红色的上衣和一双白球鞋。西奥也穿了球鞋,还有牛仔裤和宽皮带。在下行的电梯里我们抱在一起,我把头埋进他怀里。他的身体比我暖和,皮带散发出旧皮子和汗的味道。我说:你总是这么温暖。

西奥说:从昨天起你就放假了。打算做点什么,诺娅?

我说:诊疗所。伊曼纽尔诊所。要是没用你的钱就好了,那真不好。我是说,我觉得不合适。阿弗拉翰下周就会全部还给你。

西奥说:阿弗拉翰,那是谁?

过了一会儿后:哦,对,你的非洲人。不急。

街上没人。有一排停放着的车辆和一排街灯,其中几个坏了。几棵可怜巴巴的树,印度山毛榉、桉树、金蝶木,长得就像呼吸不畅。树木、甚至整条街,在我看来突然都像是业余舞台的布景。公寓的窗子都敞开着,从每一扇敞开的窗子里都飘出住宅部部长沙龙的声音,扯着嗓子回答记者的提问。从东边山丘吹来一阵干干的风。一只受到惊扰的猫咪仓皇逃出垃圾桶,差点撞上我们。我伸臂环住他的腰,手放在触感粗糙的宽皮带上,金属皮带扣让我的手指打了个冷颤。楼房入口处,昏暗的灯光笼罩着简陋的楼梯,也几乎罩住了信箱。

西奥说:市长,巴特希瓦,那只恐龙。你应该试着找她谈谈,别去办公室,私下谈,说说你的梦想。你不会允许我跟她谈吧?会吗?

这事儿你不参与比较好。

再刨掉你就更好了,诺娅。

别从我身边夺走一切。

一切。什么一切?那儿什么也没有。

街角,在一个街灯照不到的地方,有一对情侣站在那里,纹丝不动紧紧拥抱着,雕像一般,吻在一起,凝固在吻里,黑暗中像是嘴对嘴做人工呼吸。我们路过的时候,看到他俩之间的界限好像消失了。我设想那个女孩是我的12班的某个塔丽,我希望自己猜错了,却说不清为什么。我忍不住死盯着他们看,就像证人在警局里从一队人中间辨认嫌犯那样。

黑暗中，我不明缘由地红了脸。

从一楼的一扇窗户里，传出有规律的、平稳的哭声，一个心满意足的婴儿的哭声，他将会长成一个冷静的孩子。西奥揽住了我的肩膀，有一刻我觉得他那只眯起来的左眼似乎是在黑暗中策划着什么。再往前走两条街，整个城镇突然到了尽头，就像船头陷进了岸边的沙地。前面都是沙漠。西奥领头，我们沿着通往干涸河道的小路走下去。我走得离他太近，他的影子覆盖了我和我的影子。黑色的燧石投下刀切般的圆锥形阴影，因为月色银光锐利。石块之间，四处散落着白骨。从下面干涸的河道飘来一阵干枯荆棘的味道。浅色的岩石、斜坡、东边的山丘、甚至锐利的星光似乎都在等待着某种变化，马上就会来临，片刻之间让万物清晰澄明。而我却毫无头绪，不知道这即将来临的变化是什么，也不知道什么会变得澄明。

西奥说：这里也是夜。

我似乎在他深沉、平静的声音中听到了一丝迟疑，仿佛他不确定他能让我相信这里也是夜，或者他怀疑我是否能懂。

等这个夏天过去了，我说，看看接下来会怎么样吧。

西奥说：接下来会怎么样？

我不知道。等等看吧。

在干涸河道的一个拐弯处，一片阴影印在路上：一块落石。不，不是岩石。一个残骸。一辆被弃的轿车。

它并非被遗弃的。一辆吉普车，悄无声息，灯光熄灭。走近前去能看到一个人的影子，头垂在方向盘上。一个男子孤身一个，前倾，蜷缩着，衣领竖起来，毫无规律地发出压低的笑声。西奥伸出手拦在我身前让我止步。他迈了三步走到吉普车旁，冲那个蜷着身体的男人俯过身去。他可能是问了那人是否需要帮助。男人抬起头来瞪着眼睛，不看西奥而是看向我，一动不动，接着又慢慢地沉回方向盘去。西奥又待了一会儿，他黑黑的背影挡住了他的言行，让我无从知晓，然后他拉起我的手，拖着我往前走向孤零零的凤凰木。出什么事了？我问，但西奥没有回答。直到我们走过凤凰木，他就像仔细思考了如何回答似的，说：

没什么，他在哭。

我们是不是应该再在那里待一会儿？要不就——

哭泣并不犯法。

我们爬上海耶纳山的山顶。城里稀疏的黄色灯光散落在黑暗中，无力的闪耀着，像是在用自己的语言回应星光。南边的地平线上，一道耀眼的光亮突然闪现，然后随着沉闷的爆裂消失了。看啊，我说，烟花。马上就会有音乐了。西奥说：

照明弹。不是烟花，诺娅，那是照明弹。飞机上打出来的，他们的夜训。在打虚拟目标。

突然之间，可能是因为"虚拟目标"这个词，我痛楚地想起诗人以斯拉·扎斯曼，还有失去儿子的父亲阿弗拉翰，他们瞬间出现又消失的腼腆笑容，那是精致而忧郁的笑容，像秋天的云彩四散而去。男孩长睫毛后面向下注视的眼睛，还有那位父亲脸上压抑的情感刻出的沟壑，像个精疲力竭的退休金属制造工。他还有什么？在拉各斯？是等候那头被抛弃在森林空场里的猩猩么？是什么让他还留在那儿，他又想让我为他做些什么，真实的，内心深处的想法？这个谦卑的男人究竟是依靠什么魔力，把他微弱的希望成功地传送给我，穿过笼罩在泰勒科达和拉各斯之间沙漠和平原上的银色夏夜，越过从这里到那里成千上万月光下的山峦、尖峰、谷地和绵延的沙？

我们在海耶纳山顶站了一刻钟或者更久，我没有怎么意识到他拉着我的手，用另一只手掌抚摸着。我们眼见一片片牛奶色的雾气慢慢爬进并笼罩了干涸的河道，朝着没开灯的吉普车方向推进而去。黑暗的悲伤和眼前的荒芜，雾中吉普车里那个蜷缩在方向盘上的男人，阿什凯隆十字路口那个鼻子流血、满头满脸灰尘汗水的交通警，这些都压住了我。但是为什么压住我？我跟那些偶然相遇、或者未曾相遇也永远不会相遇的陌生人的苦难有何相干？而且，就算非得是我，我又该如何让自己脱离激情与超然这一对在本质上互相连接的组合？怎样才能像那个警察一样掌控灾难，不依靠脉动的心而是用外科大夫的手？"我们该在何处闪光，何人渴望我们的光亮？"

诺娅。

什么？

过来。

哪儿？我在这儿。

过来点儿。

嗯。怎么？

听着。上周五我在加利福尼亚咖啡馆等你的时候，看到一队奔丧的人抬着担架穿过广场，担架上盖了一条晨祷披巾，有一些犹太高等学校的学生，还有一个往里投钱就能解救人于死亡的锡铁罐子。药店的沙兹伯格那个弱智的叔叔死了，伊利亚。不过他不叫伊利亚，我把他的名字忘了。无所谓。他们把他葬在波佐的老婆孩子对面，松树环绕，就在你的学生和他姑妈过去一点。要我接着说吗？你会不会太冷？

我不明白你想说什么？

没什么。咱么去旅行吧。我们结婚吧。我们装修一下公寓，要么就买一台 CD 机。就一次，告诉我你到底想要什么。

为什么结婚？

为什么？为了你。你不快乐。

他紧接着又说：其实，我不知道。

我说：我们回家吧。我有点冷。那个死了的孩子，诊疗所，阿尔哈里奇的房子，还有那个伤心的父亲，我搞不懂怎么都找上了我。有什么事要发生，西奥。你没感觉到吗？就好像前奏结束了。

我们踏上归途，没走那条通往吉普车和干旱河床的路，而是绕远从隔开禁入山谷的那座山崖下面的公墓回家。蟋蟀，黑暗以及风中远方营火的气息。一时间，我心底里想要背朝着山顶上看到的灯火、离开大道，一直朝南走向真正的荒野，跨过门槛一走了之。诗人到底想说什么？词句是个圈套？果真如此的话，他为何不干脆沉默？突然之间，仿佛拨云见日，我灵光一闪想起来在一个停电的冬日，伊曼纽尔确实从我这里得到过一根铅笔。那天我去医务室想开点止疼药，护士不在，只有他像个阴影般坐在床旁，用他女性化的长睫毛后面向下看的眼睛注视着我。他看起来像是在为我难过。不知何故我对他说了严厉的话，好像我有责任在那里教育他似的。我粗声问他到底要找什么，谁允许他在医务室没人的情况下进来。那一刻我冷淡、顽固，就像在房顶上日复一日从望远镜中看时光飞逝的、轮椅里的父亲一样烦躁。男孩点点头，似乎很悲伤，像是能看穿我的思想并试图减弱他给我带来的尴尬，他问我是否恰巧带了什么能写字的东西。他眨眼了？还是仅仅出于我的想象？我一直背朝着他，动作粗暴地把白色药柜的抽屉一个个拉开，然后看到一根折断了的铅笔头。我离开之前，不如说是逃走之前，挖苦地冲他吼道：你恐怕得自己找个转笔刀。阿弗拉翰·奥维埃托说他有文学天才，他甚至可能还打算要成为一名作家，只有你能判断他是不是会写作，只有你让他感觉到了学习的意义，他在信中甚至还提到了你给他的铅笔，并且说写信用的就是这根铅笔。我不敢相信我听到的话，好比一个女人错承了原本是献给别人的爱意。如果归程我们没决定绕远回来，如果我们选择了那条通往干旱河床和熄了灯的吉普车的路，如果那个男人已经不在那里，我就要坐进驾驶员的座位，把头埋进放在方向盘上的胳膊，哀悼那个曾在这里、再也不会重生的孩子。他沉入了自己的海底。回家以后，我们锁上阳台门，泡了草药茶，打开电视看看有没有可看的节目，结果是阿图尔·鲁宾斯坦谢世前最后一次演奏会的节选。然后我去冲了个澡，而西奥把自己关进屋里开始听伦敦的全球广播。

到底还是有上帝的，穆奇·佩莱格咯咯地笑着说，一边为诺娅打开了他的新菲亚特车的车门。他穿着酒红色的肥腿裤，天蓝色的衬衫，脖子上系了一条蓝紫色的丝巾。来看看上天赐给我们的东西吧，就像木匠对他的处女老婆说的。诺娅把草编包放在脚边，又改了主意拿上来放在膝头。他们驶向约瑟夫塔尔区，去找以前属于伊曼纽尔·奥维埃托姑妈的公寓。彻尼亚克、利菲迪姆和阿贝尔律师事务所的仑·阿贝尔接到来自拉各斯的电报，指示他清空逝者的房屋。那天早晨在电话里，他宣布他的客户授权穆奇·佩莱格公司出售那位姑妈的房产以及屋内的全部资产，所得资金用于偿还西奥替伊曼纽尔·奥维埃托纪念基金会（为避免错失购买该物业的机会）垫付的部分买房款项。

路上，他告诉诺娅他百分之百确定有个红头发的美容师迷上他了，不仅是迷上，简直是为他痴狂，他问诺娅应该采用四种方案的哪一种才能把她弄上床。诺娅建议他采用三号方案。为什么不呢？那个方案有没有可能对于比如她也起作用？诺娅说那当然。他向诺娅详细解说他称为作战原则的方案细节，接着又说起他不久前投了一万一千美元，合伙做生意从台湾引进领带，很棒的荧光领带，在黑暗中会像猫眼一样发光。这时诺娅走神了，开始想象人死以后的状态：黑暗的无，在那里眼睛将再不能看到任何东西，连彻底的黑暗也看不到，因为它们已不复存在。不再存在的皮肤也无法感知寒冷和潮湿，因为它也消失了。但她能想象出来的感受无非是寒冷之感和黑暗中的静默，都是些感官体会，而无论怎么说，感官体会都是生命的特征。这些也全部消失，沉入它们的海底。

埃拉扎拉·奥维埃托的公寓自她死后一直关着门上着锁。他们进门后扑面而来的首先是一种令人窒息的味道，来自书籍的尘土和潮湿的毛线。百叶窗关着，他们只好打开灯。起居室里有一张沙发、一张茶几和两把柳条椅，风格都很朴素，还有一张鲁宾[1]画的加利利风景画的复制品。蓝色玻璃花瓶里的一束夹竹桃已经枯萎，开始变脆。旁边一本书打开朝下放着，写的是比亚韦斯托克[2]犹太人的最后十天。书上搁着一

---

[1] 鲁宾（1893—1974），画家，以色列早期现代主义大师。
[2] 比亚韦斯托克，位于波兰东部。

副棕色的眼镜，旁边有一只空杯，也是棕色的。架上有一本带注释的《圣经》，几本小说，诗集和画册，中间摆着一个瓷质小雕像，是一个手持小小弦乐器的青年小提琴家，诺娅不敢肯定他手里拿的是不是七弦琴。在银行，她坐在左边，最后的窗口那里，属于存款柜台。一个五十几岁的女人，能干、干瘪、满脸雀斑，穿着平跟鞋，短发用弯月形的塑料卡子紧贴头皮别住。诺娅几乎能听见那个单调的声音说起每次对话结束时一定会用的惯常表述："百分之百没问题。"

卧室的天花板很低，里面有一张铁床，上面铺着一条简单的毯子，还有一个黑色的小柜，诺娅记得小时候管那东西叫"小床柜"。屋角地板上的贝都因陶盆里种的蓟干死了，已经开始变灰。床边凳子上立着另一只棕色的空杯和一小罐药片，还有一本关于巴哈依教派的书，附的照片是带有海湾景致的海法的寺院。

他们从卧室走到阳台，阳台被包起来做成了一间小屋，比储物室稍大一点。这里只有一张铁床、一个架子，墙上挂有一张以色列南部地图，此外还有一只木箱子。箱子旁边放着伊曼纽尔精心折叠的衣服：四件衬衫，两条裤子：一条是卡其布的，另外一条是灯芯绒的，内衣、手帕和袜子。还有一件崭新的飞行员皮夹克，有好多拉链和搭扣，诺娅不记得那孩子穿过这件衣服。箱子表面显然是当作桌子用的，上面放了各种课本和练习簿、一根圆珠笔和一盏有蓝色灯罩的小灯，几本平装翻译小说，一本字典，一个放有干枯松枝的杯子，杯里的水已蒸发殆尽，还有几本诗集。记忆中他去年冬天穿过的那件绿色套头衫摊在床上。床脚有一张碎布拼的旧毯子，诺娅看了半天才想明白这是那条奇怪的狗安睡的地方。冬天他们回到屋里就坐在这儿。她卷起百叶帘、推开窗户，看到的是一面灰色的水泥墙，近的令人绝望，几乎伸手可及。那是隔壁街区的墙壁。她要哭了。穆奇·佩莱格犹犹豫豫地把手放在她的后颈上，并未特别安抚她，他的鼻孔在淡淡的金银花香气中颤抖，他轻轻地说：诺娅？

她抬起手来想推开他的手，但半道上改了主意攥住了那只手，甚至闭着眼睛在他身上斜靠了一会儿。

穆奇·佩莱格像是将他平日里奋力控制的那份压抑住的温情释放了出来似的，冲她耳语道：好吧，不着急，我在另一间屋里等你。

他摸了摸她的头发，离开了。

她俯下身去，拿起那件绿色的套头衫，贴在胸口上想把它叠出个样子。她没能叠好，于是把它放在铁床上像叠尿布一样叠了叠，接着慢慢把它拿到箱子那里和其他衣物放在一起。然后她放下百叶帘关上窗户准备离开,却坐到了床上,停了一会儿,精疲力竭。她闭上眼睛等待泪水,泪水拒绝出现,她只是觉得一切都太晚了。她站起身来,用手背把箱子表面擦擦干净,拉平床单,整了整枕头,拉上窗帘,然后离开。她在隔壁房间里找到穆奇,他戴着眼镜坐在柳条椅里一边等她,一边静静地读着那本关于比亚韦斯托克犹太人末日的书。他站起来到厨房给她倒了半杯水。后来,在菲亚特车里,他对她说自己有多么希望卖掉这套公寓:他当然不会想要从这笔交易中获取中介费,但事实是卖掉公寓的钱不够偿还西奥,而且最关键的是还得把阿尔哈里奇的房子装修成我们想要的样子,尽管那取决于我们到底想要什么,实际上我们还没商量过要怎么做,就像凯瑟琳皇后对她的哥萨克宠臣说的。

诺娅说:好的,听着,是这样。如果这份遗产还不够的话,请记住我也有个姑妈,我可能也有些遗产,她的还有我的都被布鲁塞尔的一个超级传统的表兄占了,我曾经宣布放弃,其实没这个必要,我觉得我做错了。也许现在还来得及斗一斗争取一下。现在带我去加利福尼亚咖啡馆给我买一杯冰咖啡。冰咖啡,穆奇,那是我现在想要的。

一九七一年底或是一九七二年初，芬克尔被任命为领导。总部委派西奥代表规划部门前往墨西哥去当地做特别规划顾问，权当是一个安慰奖或是为了减缓打击。你毕竟是单身，比起有家室的人更加机动灵活。换换空气对你有好处，去看看世界，去几年，大概三年吧，你听说过拉丁女人吧，那儿还有黑女人、克里奥尔女人、黑白混血的和印第安女人。而且从专业角度上来说，你无疑也能找到充分施展的余地，能让很多东西改头换面。你可以设计新建筑。待够了就回来，那时候也许已经做了些新的调整。原则上说，一切都是敞开的，什么事也都有回转的可能性。

不到两周半，他就把位于亚尔孔河①附近、许尔堪大街上的单身公寓清空了。他觉得"充分施展的余地"这个短语让人有些心动，还有"机动灵活"这个词。也许正因如此，他

---

① 以色列中西部河流。

决定只带一个箱子、一只手提包上路。年复一年,合同在延长,他的业务从韦拉克鲁斯扩展到索诺拉和塔瓦斯科①,最后甚至还发展到了别的国家。没用几个月,他和特拉维夫熟人圈子之间肤浅的纽带就断掉了。办公室转给他一两个女人的来信,但他没有费心回复,甚至连明信片也没寄上一张。他并不觉得自己需要每六个月一次的探亲假。他不看以色列的报纸。过了一阵以后,他发现自己不知道自己国家的内政部长是谁,也记不得犹太节日的日期了。身在远方,所有的战争还有导致隔膜的修辞似乎组成了自以为是和歇斯底里的恶性循环:将挡道的全都一脚踢开,与此同时祈求仁慈还寻求被爱。这种缺乏风度的混合物主宰着一切,傲慢而自怜。他在太平洋沿岸一个偏远小渔村的吊床上,对以色列产生了这种高深的看法。不过,他也没忘了自问,自己这样是不是仅仅因为尼莫罗德·芬克尔那个人渣掌握了局里的大权。然而时常冒出来的答案对他说,那不过是最后一根稻草。

他一点都不想回家。他以一种平静的热情对待工作。成功地规划了几种乡村模式,既适合热带气候又与当地现存的生活方式毫不冲突。尼加拉瓜地震之后,有两个区域按照他

---

① 墨西哥的三个州。

的思路重建。新的工作接踵而至。一九七四年他给规划部门写信申请离职。尼莫罗德·芬克尔立刻批准了。

年复一年，他从酒店迁徙到乡村旅馆，从有冷气的办公室到热浪烘烤的城镇和印第安村庄，把全部所需之物装在一只朴素的挎包里，还学会了西班牙语里的六种方言。政权更迭，但他完好无损，因为他不交朋友。面对残酷、腐败、贿赂或者磨人的贫困，他不置一词，只是专心于自己的工作：他来这里并不是为了对抗不公，而是努力在业务上达到完美并藉此尽可能地、尽管也许只是微不足道地、减少灾祸。在这里，荣誉、难题和死亡时刻存在，生命本身也时常像节日里的烟花表演和朝天空发射的礼炮一样燃烧：无情、刺激、吵闹而廉价。

女人很好找，就像食物和晚上睡觉的吊床一样，无论到哪儿，她们都会出于好奇或好客对他热情有加。东家们都希望他能和他们一起聊到深夜，在天穹下，在村庄的旅店里、在发展公司的营帐中、偏远的农场里，在陌生人或者碰巧认识的友人身旁。于是他再次紧挨着篝火坐下，倾听，就像他在青年运动中以及军队中所做的那样。这里的人们也会谈及时间带来的伤害、家庭、荣誉、命运的兴衰、社会的虚伪，以及人们由于过盛的欲望，或是正相反，由于过度的漠然，对自己和他人犯下的暴行。就这样一直谈到半夜。西奥几乎不喝酒，也不参与谈话。只是偶尔才贡献一个他觉得合适的趣闻，发生在以色列战时的轶事或书上读来的故事。天快亮时男人们方才散去，当他走向黑暗时总有个女人想和他同去。

有时候他会混入人群，隐在其中整夜观看挑动情欲的狂欢节、瓜达卢佩小姐庆典、萨拉戈萨将军盛宴日、尖叫节，伴随着舞蹈、狂欢、恐怖的和诱人的假面，以及射向腐臭空气中的一阵阵烟花和枪声，还有阵阵跃动地鼓声随着绝望的音乐一直持续到黎明，饱含吓人的、粗暴的欲望。

因为开支微乎其微，他把大部分收入存进多伦多的一家银行。那些年里，他像行游天下的艺术家一样，从一处荒芜之地飘荡到另一处更加荒凉的地方。他在各种死火山脚下破败的村庄里停留，有一次还目睹了一座火山喷发。有时候，他在蕨类植物厚厚的冠层下前行，还会匍匐穿过美丽的丛林。有时他也会和孤寂的河流以及陡峭的山峦亲近一会儿，看森林用树根做利爪朝着它们进军。他不时会停下来无所事事地待上几周，躺在吊床里看猛禽在高空翱翔。晚上，一个姑娘或妇人会来和他分享吊床，从不知哪里给两人拿来盛在巨大陶土杯里的咖啡。在这样的夜晚，过去和未来就像是两种常见病，破坏性的慢性疫病，大部分人类已经受到感染，受害者们逐渐诡异地发狂。他很庆幸自己并未染上，并认为自己对此免疫。

即便是现在时，也就是你所存在的此时此刻，旅行，打盹，做爱，或是当你穿着旧皮夹克、清醒安静地蜷缩着、靠窗坐在一架没什么乘客的夜班飞机上时，这种现在时也对你别无所求，只需要你在场、尽己所能接受所见之事以及发生在你身上的事情。就像因疲倦而合上的眼皮里缓缓流下的泪。

他偶尔也会感到恐惧，或者说是一种隐隐的忧惧，担心自己在这种感受不到苦楚的状态下，可能会错失一些永远不再回来的东西。不过就算真的错过了什么，他也根本不知道那错过了的到底是什么。有时候他觉得自己忘记了应该记住的东西，但他搜肠刮肚，却发现自己已经将那些忘记了的东西遗忘。在秘鲁的特鲁希略，一天晚上他在一张酒店便签纸上用希伯来文草草写下四五个问题：这就是生命力的缩减？贫乏？衰退？放逐？一两个钟头以后，他在这些问题下面写下答案：就算我们认为那真的是衰退之类的又怎样？有什么害处呢？

于是，他再次依偎进热带的迟钝中。

但是工作的时候，他就像宝库里的小贼一样机警。比如，当他碰巧连续三四天待在某个乡村旅店的一个天顶很低、扫帚间般狭小的房间里时，或是偶尔在（公司让他使用的）某个城里的豪华办公室时，制图、写作、修改、计算。他这时便会生机勃勃，既不需要睡眠也不需要陪伴，即便一个小美人拿着咖啡和一托盘食物溜进屋里，他也不会从图纸上抬起头来。任她等待着、紧绷绷的乳头似乎接受着他那跳动般电流的能量，直到她放弃、离开。又或者，有时在会议中，当他向决策层阐述计划时，浑身会散发出一种体内燃烧的冰冷尖锐的光芒，让别人屈从他的意志。这样的时刻，他会感觉到工作带来的强悍而愉悦的巅峰快感：创造和完善的力量，像灯泡里的灯丝一般在他体内白炽般闪耀。它就像是在密林之中一个与世隔绝的隐秘之所，一眼泉水间歇性地搏动，完全与你无关地独立存在着，它时而冒泡、时而消失、然后又再次冒泡，按照它自己早已定好的程序，那是你无法理解的规律但却牢牢地掌控了你。

所以有时候，在前往山里荒芜区域的路上或是在加勒比海边，研究地形位置、监督建设进程、阐述难以理解的临时变更时，他在那一时刻的召唤下，会突然被疲劳重重击倒，然后整日整夜躺在茅屋后面的吊床里。有时，他半夜起身，赤着脚走去参与火堆旁的闲谈，谈爱情、背叛以及生命的枯荣。就这样，在破败谷仓的院子里，喝着当地美酒，身边是工人、技术员、小贩和应召女郎，头顶上是随时会被流星瞬间的辉煌照亮的陌生夜空，他知道了更多的故事，里面充满了欲望和绝望。这两项就像一对流浪艺人，夜复一夜出现在边远客栈里那些聚集在谷仓或院子里的观众面前，无休止地重复着同样的激情演出，从不令人厌倦。西奥一次次欣赏着，从不觉得无聊也从未觉得特别感动。

在床上或是吊床里，和一个看上他的女人在一起的时候（她们差不多都比他要年轻二三十岁），他会慢慢地精确地做爱，巧妙地延长快感，信心十足地带领她沿着森林中偏僻的小路穿行，在迷乱中他有时会突然充满父爱。他会给姑娘展示出温情的一面，那通常不会出现在一夜情或陌生人之间的亲情的一面。姑娘在激动中瞥见这亲情的关怀，先是困惑和预警，接着就会彻底被淹没，仿佛那关怀刺中了她脊背上的秘密内核。于是他们的身体能进入仅凭欲望无法到达的领域，直到感觉河流并非仅在茅屋边流淌而像是从他们体内奔流而出。但是天一大亮，他又变成那个疏离端正的人。礼貌、周到、超然。又要前行。

一九八一年二月,我顺道去加拉加斯的大使馆拿一个信封,是我让以色列的办公室给我寄过来的材料。新来的接待员满腔同情、格外体谅地对我解释,就像要缓解患者拿到化验单之后所受的打击似的,说那个包裹被锁在治安防卫官的保险柜里了,而他差不多要一个钟头才能回来。与此同时,她让我坐进一张柳条椅,给我拿来一杯(我没有要的)咖啡——是一杯很冲、很刺激的咖啡,几乎有些酒精的味道——不一会儿就让我觉得我把她迷住了。在我进入办公室大概十分钟之后,她毫不避讳地用年轻女孩儿的声音对我说:待一会儿吧。你很有趣。

这是一个个头适中的女人,她在屋子里走来走去,仿佛身体的每个动作都让她开心。她金色的头发搭在前额,穿着一条彩色印花的裙子。她起身泡咖啡时,裙子在腿的周围旋转,我感到某种运动员的气息,尽管她的行动不急也不躁。她无心地暗示着,是我激发她散发出女性的信号,你很迷人,我被迷住了，干吗要掩饰呢？而且我发现，出乎自己的意料，我也在毫无意识的情况下向她发出了回应的信号。多年以来，我一直避免与以色列人为伴，特别是那些积极又合作的特拉维夫女孩儿，她们对世上一切喜恶都有头头是道的理由。在这个地方四处飘荡的这些年里，我沉醉于有催眠般力量的热带女人味儿，那种锁在西班牙式的傲慢牢笼中的、黑色火焰一般的味道。可这儿有个金发碧眼、充满活力的女人，她有着银铃般的嗓音，脸庞因为我带来的愉悦而毫无保留地绽放出笑容，散发出旺盛的生命力。她的肩膀和臀部动着，仿佛在说，看啊，这是胴体。她在我体内激起了类似于童年伙伴交往中偶尔能感到的轻松坦率。我突然产生了要给她留下深刻印象的冲动。尽管多年来我对此从不刻意，我一向无需努力便能获得女性的好感。

不到十分钟我就了解到她是个文学教师，出生在海弗谷东头的一个村庄里并且直到几年前一直都生活在那里，照她的说法，她非常晚才开始真正的生活，因为要照顾粗暴的、孩子似的残疾父亲，她没有什么别的亲戚，还有她的名字叫诺娅。你是西奥，我听说过你，你在这一带可是传奇人物。我在特拉维夫受过几次打击，不过我们不说那个，几个朋友帮我安排来到这里，一边当大使馆的接待员，一边在本地的以色列人聚居地当老师。没错,你怎么猜到的?我泡的咖啡确实有穿透性。我往里放了点儿印第安玩意,一种根茎的粉末,不,不完全像也门人用的小豆蔻,这东西让人脑袋更晕,我还加了半杯法国白兰地。瞧,我差不多把所有秘密都交待了。我当然没有问你能不能往咖啡里加东西,为什么要问呢?来,再喝一杯。在我看来,你可不像那种会喝醉的人,也不像会失控的人。不如说正相反,总是一切皆在掌控中。

治安防卫官回来以后把信封交给我,我谢了他还有她,准备要走。但她根本不容我去:等等,西奥。人们说你在印第安人当中住了十年。能带我去看看吗?这么做你不会吃亏的。要是你答应,我就教你怎么靠调节呼吸来止痛。

我猜她一定是那些在特拉维夫很流行的某个神秘组织的成员。我去意已决,要在还来得及的时候逃离这个懂得用小法门调节你呼吸的、多变的老师。不过我还是答应当晚和她出去,听一场来自柏林的交响乐团和合唱团的音乐会:她有张双人票,没有我的话她也去不成,在这里,女性晚上自己一个人出门很不方便,而且她保证说节目里有舒伯特的《降B大调弥撒曲》。我有好几年没听过舒伯特了,只能从跟着我浪迹天涯的随身听的耳机里听听。

那天晚上,我发现她实际上对呼吸调节法一无所知:她只是喜欢我不想让我消失。如果我坚持要她兑现承诺，她会去参加一个跟调节呼吸的相关课程，学完之后就向我还债。喜欢这个词并不准确，她说。实际上我给她的印象是一个关在自己地牢里的人，我让她渴望能接触我以免我在黑暗的地牢中冻僵。这会儿我还是不能完全表达我的意思，关押，地牢，都是你的错，西奥，都是因为你我才说这些个隐喻，可又不贴切。我可笑吗？那你必须承认错误。瞧你对我做了什么。我这么可笑都是你的错。我脸都红了，还是因为你。瞧瞧。

音乐会后，她邀请我去吃烤小牛肉，那家餐馆据称是西半球最棒的餐馆之一。那个餐馆，除我俩之外空无一人，充满了俗气的装饰品和打扮成牧人的侍者，就是个宰客的陷阱。肉和葡萄酒粗糙而无味，我们桌上的蜡烛散发出令人厌恶的油腻味道。至于柏林来的乐团，事实上他们在前一天晚上已经演奏完舒伯特了。我们听到的是兴德米特和巴尔托克[①]。更有甚者，在我们离开音乐厅时她左脚高跟鞋的鞋跟断了，另外我们从出租车下来时，她的腕表磕到了我的脑门并磕出一道可怕的伤口。我搞砸了，她说，在她公寓门前的路灯下展

[①] 兴德米特（1895—1963），德国音乐家。巴尔托克（1881—1945），匈牙利音乐家。

现出动人的一笑：我找不到我的印第安村庄了。

那个晚上之后的头一个周日，一个骗人的鞋匠给她钉了个怪里怪气的鞋跟，我带她坐着发展署的吉普车沿土路去看卡拉沃索①附近的一个印第安村庄。来回各开了五个钟头。我们目睹了一场婚礼狂欢，半天主教、半异教形式：在这个伴有嚎叫般怪异歌声的蒙昧、狂喜的仪式上，一个漂亮的寡妇被嫁给一个昏昏沉沉、可能是吃了麻醉药的年轻人，我们觉得他不超过十五岁。第二天我飞回了墨西哥。我每次路过加拉加斯时，我们都会见面，差不多几周一次，我会给她带一瓶拿破仑白兰地，以便她混搭着本地烈酒掺进她的魔幻咖啡。她第一天为留住我而编造的呼吸秘诀并没有迷住我，我却发现她有另一个秘密让人着迷：不论何时，当她遇上一个陌生人，哪怕是偶然相遇，她都能立即看出恶意，或是伪善，或是大方。就连那些在我看来很复杂、高深莫测，成功地隐藏在光鲜表面之下、或是礼数周全的人，她显然都能识别出好坏：缺德、天真、慷慨、迟钝——她就这样将每个人归类。还有温暖或是冷淡。实际上，她倒不怎么以温度作为标尺来衡量人的类别、地点或观点，不会像给学生的作业打分那样，

---

① 委内瑞拉北部城市。

从四十到九十。这是什么情况，我抗议道，军事法庭？人民的判决？诺娅答道：这很简单，任何想知道好坏的人都看得出来。要是你不明白，这表明你不想弄明白。我觉得你很迷人，你好像也认为我迷人。不过当然你不必回答。

她的这些闪电判断是否总是对的？或是正大于误？或是偶尔正确？我不再能分辨，因为没多久我就以她的眼光看人了：冷冰冰、温暖、不冷不热、慷慨大方、缺德、富于同情心。那我呢？是热还是冷，诺娅？还是最好不问？她立刻回答了我，毫不犹豫：你很温暖，但在渐渐变冷。不要紧，我会让你再暖和起来的。她又加上一句，不坏。有点作威作福。你吉普车开得棒极了，不像是开车，倒像是驾驶技术的花式表演。

有时她会又像初次相遇时那样看着我，在大使馆，一个充满活力、好意、喜欢评价的以色列老师。她的美貌遍布全身，显而易见。周身荡漾着一股淡淡的、却明明白白的金银花香气。这一切我都不讨厌。恰好相反，她的出现常会让我周身产生一种孩子般的激动，就像是一个小动物被带进屋里，从此会受到很好的照顾。最终我发现她的感情世界是那么美好而且游刃有余，一会儿母性十足，一会儿又仿佛小姑娘，要么又充满诱惑力，然而大部分时间是姐妹般的。此外，她还向我展现出一种儿童式的幽默感,"拉丁人历史里最大的主角是马",这种幽默,非常奇怪地让我想要小心翼翼地搂住她的肩膀,即便并不寒冷。实际上我给她买的第一件礼物就是一条加勒比羊毛围巾。我第一次将围巾披上她的肩头时,那洁白精致、颈背附近有一块棕色小胎记的肩头让我感受到一瞬间的神秘和快乐:仿佛不是我盖住了她的肩,倒是她突然间覆盖了整个我。

有一次,我们去参观一个可追溯到首批定居者时期的、阴沉沉的教堂废墟,我如往常一样又发表了历史简介,她打断我说:你看看,西奥,你现在多有光彩。

听了这些话,我就像一个男孩子听到有经验的女人半开玩笑地说他具备某种特质、将来会吸引女人时那样颤抖起来。我倾过身体吻了她,那时候吻在头发上。她没有回吻我,而是红了脸笑出声来。看,西奥,太可笑了,你神气活现的胡子在发抖呢。当诺娅和我在加拉加斯相遇时,我五十二岁,三十年来爱过各式各样的女人,自认为是个老手,熟悉无数诺娅即便在她最狂野的梦中都没见过的快乐,如果她真有过狂野的梦的话,我猜她没有。尽管如此,她在教堂废墟那儿对我说的话,"你看看你现在多有光彩",让我如此感动,我甚至要强行提醒自己刚才讲到了十八世纪,还没告诉她教堂和整个城镇是如何在一八一二年的大地震中毁于一旦,也还没讲到那些将教堂、秘密警察、军队、自由派以及共和国卫队这些随时变化的权力连接在一起的循环因素。我又开始讲述,充满激情地继续着,细细讲述每个细节,有时离开主题,热情洋溢,讲出博尔赫斯式的神话,直到她说,今天够了,西奥,我听不进去了。

四个月里我们只见过七八次面,去参观艺术展或听音乐会,去餐馆用餐,在她第一次晚上失败之后,我俩达成一致不再由她选择餐馆,有时候我们星期天开吉普车到滨海科迪勒拉山上待几个小时。西班牙语她只懂几百个单词,却能在我和加油站服务生或是局里的工程师交谈结束之后,不带丝毫犹豫地宣布这人是个骗子而另一个,那个胖子,喜欢别人但是羞于承认,这才表现得那么生硬。你吞下了什么,诺娅?一个地动仪?一台测谎器?她没有急于回答这些问题。但当她终于回答时,我却搞不懂有何关联。她说,我在一个瘫痪的父亲和一个因为自己的理念而头脑不正常的姑妈身边成长,我得擦亮双眼。

晚上,我会把她送回大使馆替她租的公寓,她住在一楼,那幢楼的房主是有钱的犹太人。我们在大门口吻别,通常吻在脖子或头发上,她得踮起脚尖,而我几乎要向她弯下身来,闻着她身上的一丝金银花香气。我渐渐发现自己的旅程越来越多地经过加拉加斯。我给她买了一双羊毛袜子和一条驼毛围巾。她送了我一罐蜂蜜。然后在一个春天的晚上，下起了大暴风雨，伴着长时间的停电，她说我可以留下来过夜：她有一张沙发床。她让我坐在她床上，雨滴像石子般敲击着玻璃窗，她点燃了石油取暖炉，给我倒了一杯我给她的白兰地，拿来几个水果还有纸巾。然后，她突然改变了主意，吹灭蜡烛，在我身边坐下说，求爱结束，我们做爱吧，随即便开始解我的衬衫纽扣。那一刻，我感受到的热流不仅是欲望，还有关切。她的肉欲是如此直接，开放，并且还——充满好奇，带着一股要立即对我进行深入研究的决心，跳过礼仪，彻底而迅速地熟悉我，在那个夜晚就要在我体内开辟一个立足点。

做爱之后，她马上像个婴儿般趴着睡着了，头埋在我的肩窝里。

早上，她说：你真会享受那个，像匹种马。我也是。

在那个风雨之夜以及第二天晚上之后，我还是很确信那不会是永远的关系。我仍旧认为自己会独自终老。但是我和她之间没能达成多年来我和其他过客般的（那些出现在饭店里、村里、吊床里、发展部办公室附设的旅店里的）女人之间达成的默契，一共两款的协议：等量的欢愉然后永别。与此相反：我们之间的关系在那个风雨交加的夜晚之后变得坦诚而有趣。我们双方都觉得相处更加简单而且更好了。这是奇特的经验，因为到那时为止我不怎么相信友谊，更不要说男女之间的友谊了。没错是会有亲密、热情，还有公平的快感，还有一瞬而过的爱恋，为了快感的快感，付出和获得，都是过去这些年我体会到的。但这些东西总是逃不出欲望和尴尬混合而成的阴影，事先就标出了界线。然而大方的友谊，一种毫不尴尬的关系，没有界线，我以前并不相信这会发生在我和一个女人之间，实际上我觉得在任何两个人之间都不可能发生。然后诺娅来了，穿着她色彩鲜艳、会绕着腿旋转的夏裙，胸前有一排用扣绊系住的大扣子，柔软的身躯逗弄着我，时而以伙伴式的姿态轻松地拍拍我的肩膀，她在性方面深奥而单纯，像是热乎乎的棕面包，在小溪边或是森林中的空场里，她在光天化日下将两人脱得赤条条，毫无尴尬，摆脱了一切肉欲、金钱、情感控制，还有她似乎下定决心要解放我、让我自由。

有一次，我在她那里住了三天三夜。我要出发去机场时对她说，这儿，别跟我争，我在架子上放了四百块钱，反正住旅馆也要花这么多钱，况且你过得也不怎么宽裕。诺娅说，好。可以。谢谢。过了一会儿她改了主意，她算了算我和她在一起的这三天里她的花销不超过一百块。那怎么了？我说，多出来的是我诚心诚意给你的，你可以用来买一台电视，就算是我送的礼物，要是晚上看点电视你最后没准还能学点西班牙语。诺娅说，我太想要个电视了，但这里最便宜的也要六百块，不够的钱我又凑不出。我喜欢她这样。我也喜欢她能掉过头去好几个小时，不理会任何哀求和奉承，集中精力给一些她答应第二天早上交回去的考卷打分，即便我们只有那一个晚上。有一次她突然从考卷上抬起头来，一副全神贯注的样子，严肃地说，你是个喜欢总结的人。现在还别对我下结论。

四月里，我们都病了，先是我，反复发烧。多半是哪个星期天出游时招了虱子或者跳蚤。她让我睡在床上，给我穿上一件囚服似的法兰绒男式睡衣，往我脑袋上戴了一顶印第安宝宝戴的毛睡帽，罩住了我的脑门和耳朵，给我盖了四条毛毯，用她疯了的姑妈教给她的方法煮了滚热的仙人掌汁，差点把我灌个半死。为了照顾我，她从希伯来语学习班和大使馆请了几天假，用一条老妈妈样式的棕色厚睡袍把自己裹住，在我身边坐下，用轻柔、催人入睡的声音给我讲述她那个瘫痪了的拳击手爸爸和托尔斯泰式的姑妈，还有那个重生了的犹太人约什库，以及一个名叫格罗沃伊或是格若沃伊的乡下人"偷窥狂汤姆"。故事越讲越复杂，也越来越模糊，然后我睡着了，我睡了三天，醒来时全好了。之后我取消了飞往韦拉克鲁斯的航程，因为诺娅自己病倒了。她是个缠人的病号，她把自己的手放进我的掌心让我攥着，几小时不许我松开，只有这样她才能暖和过来，尽管她盖着四层毛毯，我还把皮夹克裹在她腿上并且拉上了拉链。我们全都康复以后，两人之间产生了极其深厚的亲密感，诺娅甚至托我在墨西哥城的药房给她买点德国产的治疗阴道炎的乳膏。复活节的时候，我找了个周末带她去看正在兴建的一座新城，边上环绕着六个新型村庄，都是我设计的，在塔瓦斯科州南部刚刚动工。诺娅说：这太壮观了，不，不是，非常人性——要是老家那儿的人能意识到还可以这样盖房子就好了，趁现在还不太晚。我说：在以色列，他们倒未必要这样建，但也没必要建成他们盖的那种兵营一样的房子。以色列的地形不一样，至少以前不一样。顺便问一句，你怎么会认为壮观的反义词是人性？

诺娅有点不着边际地说：瞧瞧咱俩，一对儿没有孩子的教师，整天纠正对方。这可不容易，不过至少不会无聊。

六月，学年结束的时候，她突然说：我在这儿待够了。我要回特拉维夫，你去吗？

你瞧，我说，事情不是这样的。我有一个合同要到十二月，在塔瓦斯科和韦拉克鲁斯还有没完成的项目，再说以色列又没什么等着我回去。诺娅说：我也一样。你是去是留？

七月，我们在一个持续了一周之久的酷暑期回到了闷热的特拉维夫。这座潮热的城市一见面就排斥我。时隔十年，这座城市显得比以往更加丑陋：一片混乱不堪、缺乏中心的肮脏郊区。战争，华丽的辞藻，贪婪，点缀着喧闹的娱乐和同样散发着汗臭的宿命、傲慢和绝望的混合物。我们在布拉格大街租了一间带家具的两室公寓，就在中央公交车库后面，并准备要住进去。傍晚时分，我们出去沿着海边长时间散步。晚上我们去各种餐馆。八月的时候，她参加了为教师组织的一次内盖夫沙漠一日游，那天晚上回来以后，她说：我们搬到泰勒科达去住吧，那是世界的尽头，沙漠像海洋一样，一切都是那样开阔。你来吗？

一周里最好的光阴都被我耗费在犹豫不决上。我还记得泰勒科达兴建城镇之前的样子。六十年代末，我在那里工作过几周，住在铁丝网围起来的帐篷组成的营地里，军队的坦克一天来送一次水还有贝尔谢巴来的报纸。有三个礼拜，我每天从日出到日落，在灼人的阳光下沿着悬崖下游荡，走遍了那片荒芜的高原。晚上借着油压灯的光亮，我坐在局里的帐篷中绘制草图，那是一个宏伟的规划，摈弃了以往以色列惯有的设计方式，试图要建造一个能自己给自己遮阳、紧凑的沙漠城镇，这一灵感来自北非撒哈拉沙漠城镇的照片。尼莫罗德·芬克尔看了草图，耸耸肩说，还是那个老西奥，陶醉在自己的幻想里，想法很聪明，挺新颖，有创意，问题是，你和以前一样，没有考虑一个因素：说一千道一万，以色列人要住以色列式的房子，管它是不是在沙漠里。你告诉我，西奥，谁愿意突然一下子觉得被送回了北非？波兰人？罗马尼亚人？还是摩洛哥人？摩洛哥人最不想这样了。你记住一点，老朋友，这儿不会成为艺术家的地盘。

那多少就是我为沙漠城镇泰勒科达的建设所做的最后的贡献。我从未有过哪怕一丁点想要回那里看看的冲动。我能想象得出，他们建了一排又一排一模一样的房子，一楼下面由水泥柱子支撑，阳台装着滑动的百叶窗。他们会往光秃秃的水泥柱子上钉上各种各样的注意事项，设置出信箱，替士兵支援委员会装上旧报纸回收箱，还会在每栋楼前面放上方方正正的垃圾箱。

一周快结束时，我对诺娅说，好吧，为什么不呢？我们试试。在我心里，不知什么东西回应了她，要跟她去沙漠，或是随便哪里。我把多伦多银行里的存款中的一半转了出来，用其中一部分买了与物价指数挂钩的政府债券，一部分投进股票和养老保险，还买了这所公寓，又在海尔兹利亚买了一处房产，每个月能带来一千元的进项。诺娅马上就找到了一份在中学教授文学的工作。我开了一家小规划公司。七年过去了我们还在这里，就像一对夫妇挺过了育儿纷争时期，又恢复到安静的有规律的生活中来，在孙辈们来访的间歇里照看室内的植物，打发着时间。我们在起居室里摆放了三件套的白色组合家具，还有一条相称的地毯。诺娅一般会在周五晚上请几个人过来，几个老师和她们当职业军官的丈夫，本地唱诗班的指挥，还有和我年龄相仿的一对来自荷兰的医生夫妇，一个水压工程师，一个反对皮制鞋子、素食主义的新立体派艺术家，还有一个戏剧导演。我们聊国家安全和占领区，拿政府部长们开玩笑，抱怨小镇没能继续发展，优秀的居民要么走了要么就被一些平庸的人代替。可能俄国来的移民能给我们带来点生机。不过实际上，他们在这儿能干什么呢？他们会和我们一样在太阳底下被晒干。诺娅给大家端来水果和饼干，还有用魔咒和白兰地混合制成的、让人天旋地转的南美咖啡。若是谈话时有人停住了、犹豫起来、试图寻找贴切的词句，诺娅有个一下子跳进空档的习惯，自告奋勇替他结束那停在一半的句子，找到那个丢失了的词汇或是让那个被堵住了的想法重获自由。但她不是主宰了谈话，而是像个站在特定地点的领座员，温和地搀扶着随便哪个迟来者的臂膀，确保他们不会在黑暗中被哪个看不见的台阶绊倒。

夜色渐深，谈话也分成几组：男人们讨论公共生活准则的堕落，女人们则就报纸上引发争端的新戏剧或是小说交换意见。有时候她们又会讨论起特拉维夫艺术圈的丑闻或是近来电视上播出的东西，甚至还会说到本地的一些风流韵事，而这些大都归功于穆奇·佩莱格。比如艺术家会说：我前几天到里雄莱锡安看了青年抽象艺术家的展览，后来还看了一个当代多媒体展。艺术在大步前进，文化蓬勃发展，而我们却静静地坐在这里，在阳光下慢慢蒸发。里雄莱锡安现在有一条特别棒的步行街，都是画廊、艺术家俱乐部和餐馆，其他的街道也都亮堂堂的充满活力，从特拉维夫回来的人们在午夜时分拥进咖啡馆，大谈戏剧的新动向，而我们在这儿充其量就是玩玩十五子游戏、看看电视或者找个小丫头上床。体操老师说：要是也能给我们接上有线电视多好啊，和别人一样。然后她丈夫，那个陆军中校，讽刺地补充道：你可以确信一件事，亲爱的，区内那些定居者会比我们早看上有线电视，在他们看来我们排在队尾，要是我们也算排进了队里的话。诺娅说：我们可以把那个展览也弄到这里来，可以在创立者大厦的走廊里装上射灯把那里变成画廊。另外，我们为什么不偶尔从贝尔谢巴请个艺术史专家来做做讲座呢？

至于我，我穿梭于室内，用平等周到的姿态给他们拿饮料、清理烟灰缸，说说加勒比海岛偶发的轶事或者印第安式幽默的例子。大部分时间里，我只是坐着聆听，试着猜想诺娅在客人离去后会做出什么样的评价：好或坏，热或冷，绝望。而她有一次却对我说，你可真是个总结狂，别做总结，看着就好。

十二点或是十二点半客人们散去，约好下周五再聚。诺娅和我收拾洗涮，然后坐下来待上半小时左右，冬天喝点温热的甜红酒，夏天来点冰咖啡。她的金发挡住了半张脸，但她的印花裙子露出了她的双肩，她肩膀纤细而柔弱，就像（在那些有秋季的地方）秋天渐黄的叶子。这种时候，当我们对刚刚离去的熟人交换意见时，我仍会想要拿一条长围巾裹住她的肩膀，那柔软的后颈旁边长了一块棕色小胎记的肩膀。我用惯常的、乐于等待的方式向她求爱，被金银花的香气牢牢吸引。有时我们坐在厨房桌边一直聊到两点半，聊我们周末曾经去看过的滨海科迪勒拉山上的胜景。直到诺娅打断我的话头说，说够了，我们做爱吧。然后她解开我的皮带，脱掉我们的衣衫，把她的头放在我的肩窝里，把我的手指放在她嘴唇上。我们的生活平静安宁。起居室的地毯是白色的,扶手椅也是浅色调的,它们中间是一盏金属的黑色标准照明灯。屋角放着室内植物。我们各有卧室,因为发觉睡眠习惯不同。

在天气好的礼拜六,有时候我六点半就把她摇醒,我们穿上衣服喝杯咖啡,套一件套头衫便出发去看沙漠中有什么新变化,用几个小时走下山谷,再从另一个山谷那儿走回来。一回到家,我们从冰箱里随便找点东西站着吃下去,然后又回到床上一直睡到下午。她想在厨房桌边坐下时,远远的、朝前倾着身体、聚精会神地备课或是打分时,我就坐着看那根红笔在她那(仿佛背叛了年轻的身体的)老化的手指间颤动。总有一天我要给她一个惊喜,买一张能放进她卧室屋角的小书桌。这会儿我将计划搁置下来,以便能看到她坐在厨房的桌边。她打完分数之后,我会给我们弄点吃的,再打开电视,然后我们坐下来看周六下午的法国电影。礼拜六晚上,我们有时候上咖啡馆或去巴黎电影院。我们会在广场那儿,在夜晚的空气里溜达半个小时。然后回家,坐在厨房桌边听点安静的音乐。第二天新的一周又开始了。七年以来一直如此,小心地避免流浪艺人们(就好像他们不祥)的激情故事会老调重弹:流浪、痛苦、毁灭。直到她的一个奇怪的学生死了，死于一起吸毒事件，也没准是自杀，没人说得清。她没有编一本纪念册，反而答应要帮忙建一所纪念他的康复诊疗所。那孩子的父亲许诺要捐出一笔资金，而且出于某种我无法揣测的原因，决定让她负责运转一个类似理事会的组织。诺娅能懂什么委员会和理事的事呢，这注定要导向失望和尴尬，我不想让她遭受这些，却不知道应该如何阻止。最初我试着温和地警告她，而她以一种我在她身上从未见过的嘲讽的怒火回应我。然后我试着帮助她，提了各种简单的建议，遭到她的断然拒绝。她确实心不在焉地同意接受我借给她的一笔钱，而且没有把这当作枷锁或圈套。

我唯一能帮助她的方法就是不要试图帮忙。我得憋着，就像是用调节呼吸的方法减轻疼痛——这对我来说并不困难。那个奇怪的项目对她来说越来越珍贵，就像施罗姆·贝尼兹利说的"眼睛里的光华"。

就像是她给自己找了一个情人。

那我呢？我随她至此，来到她世界的尽头，因为我只想和她在一起。沙漠的宁静全无，我现在全部的感觉就是正在迈向危险，而我却无法阻止，因为根本不知道它会从哪个方向到来。有一次，在所有这些之前，在军队里，因为我拒绝听命于工程大队，于是自告奋勇到沙漠里的一个侦查小队去服务六个月，跟着几辆吉普车绕着拉蒙山颠簸。那是在道路修好之前，这儿连土路都没有之前。有时候，我们在月光下能看到鬣狗的轮廓，在日出的第一束光芒里有时能看到山丘线上的一群似乎凝固不动的野山羊。大多数时候，我们白天在岩缝中睡觉，到晚上才出来，跟踪或在夜里趴下埋伏着等待那些翻越内盖夫山、从西奈往约旦去的走私人马。那是一九五一年，或一九五二年。我们当中有一个贝都因追踪者，一个冷淡寡言的人，不怎么年轻，穿着一身破烂的英国边境警察制服。他懂得如何辨认足迹，即便是在岩地上。他闻一闻太阳烤干的驴粪或骆驼粪之后，就能告诉我们是谁、在什么时候经过了这条路，以及他们是否装载重物，甚至他们属于哪个部落。他能以干了的粪便为依据判断动物吃了什么、在哪里吃的，这就是为什么他知道他们的来路和可能的去向以及他们是否在走私。他是个短小精壮的男人，他的脸并未晒黑，是野外营火冷却后灰烬的颜色。都说他的妻子和女儿在部族仇杀中被杀害，而他不可救药地爱上了一个阿什凯隆的年轻瘸子。即使是在黑云遮星蔽峰的夜晚，他也能弯腰捡起一个磨钝了的子弹匣、一枚旧扣子、一块干了的痂皮、黑色卵石上人类的排泄物、丢弃在岩石窄缝里一根被啃过的骨头，然后用指尖解开这些东西的秘密。我们从未给他配过枪，可能是因为我们睡着时他总是清醒的。只有当我们都清醒异常，发动起充满追击快感的吉普车、让机枪射击的沉闷声音在山谷中回响成串时，他才抽身离开，在一辆肮脏的吉普车后车厢的地上坐着打个盹儿。他狐狸似的下巴夹在两膝之间、眼睛半开半闭，等待着宁静再来将万物罩上灰尘的面纱。之后他毫无声息地醒过来，然后光脚走开，弯腰曲背，像是要下压亲吻土地，自己独个踢踢踏踏地走着嗅出一个我们开车路过时完全没有注意到的洞穴或坑凹的入口。他叫阿泰夫，但我们背着他都管他叫"夜晚"，因为夜晚对他来说很明亮，仿佛他有夜行动物的特征。

但我们很当心，他在场时从不这样称呼他，因为，我们提醒自己，希伯来语"laila"（夜晚），在阿拉伯语中是女人的名字。

在加利福尼亚咖啡馆那张他们称为"律法圣人委员会"的桌边,我把穆奇·佩莱格从乱糟糟的出租车司机聚会中抓了出来:他忘了我们今晚安排好要在琳达家开的委员会会议。瞧瞧,伙计们,大饱眼福了吧,看看是谁来接我,他对他的朋友们说,挂着一个跟总统合影的人脸上常有的明朗笑容。

我们向西朝着落日的方向走去,在红绿灯处穿过广场。巴黎电影院正在上映惊悚片。看来英国喜剧在这里不怎么成功。一个左倾的喜剧,穆奇说,琳达拽着我去看,但我说服她在中间休息时出来了。我们回到我那儿,听了些销魂的妙曲儿,能让你上道儿的那种,如果你明白我的意思。

我说我明白他的意思。

然后他告诉我,他用三万三买下了一家旅行社的三成股份,旅行社主要的营生是把一群群"浮游"青年送到拉美去旅行。西奥没准愿意加入,他对阔边帽有些了解,我是在清算人到来之前几秒钟出其不意对他们下手的,真的,实际上我这三分之一至少值四五万,要是西奥也弄上三分之一,我们一年就能赚上十万。

广场上是夜晚的静寂。西风吹拂,仿佛要把海洋带到这里。一辆偶然路过的车子驶过停成一列的汽车。一群燕子在街灯上飞来荡去,突然转向东边然后又改变主意再次在电线上站成一片。我喜欢这个广场,它从不试图伪装成它永远不可能成为的样子。商店、办公室和餐馆,简单的橱窗陈设,一切都很质朴。广场前面的覆没勇士纪念碑和饮水喷泉互相般配,也都和泰勒科达的城中心十分般配。广场自身也挺好,就像工作日的服装适合工作日穿着一样。西奥七年前曾经建议弄一个黑色玄武岩的喷泉,用棕榈树和黑色的岩石围绕起来,我觉得那是个冷酷的想法。但我没必要这么说,反正这条建议也未被采纳,而且永远也没机会被采纳。他并不缺少想法,他们说,问题是他不着边际,这个老阔边帽,他对于我们这个小城来说大了好几倍。后来他们甚至说那是因为西奥太久没提出过什么方案了。

穆奇·佩莱格说:真是个美丽的夜晚。你也很美。

谢谢,我说,顺便说一句,我喜欢你说的"浮游青年"这个表述,还有在你那儿听的流行歌曲和所有的那些话,别伤害琳达,她没有那么坚强。

除了爱没有别的，穆奇叫道，用正直受到伤害的姿态将手放在胸膛。爱，除了爱没有别的，那就是她从我这里得到的。还剩下足够的可以四处转悠，所以你要是也需要一些的话你知道该来哪里。我会让你也浮游起来。

这会儿，大部分商店已经关门，橱窗里灯光晦暗。人们不慌不忙地在广场上走来走去，夫妇、父母和孩子、推着婴儿车的母亲，还有四个已经让沙漠太阳炙烤过的衣着随意的游客。漂亮的莉莫·吉勃阿穿着红裤子高跟鞋，在两个追求者中间走着，两人同时和她讲着话。一对年轻男女，阿娜特和奥哈德，她不久前还在我的班上，他们站在波佐鞋店门口低声私语。窗户里，皮尼·波佐在镶了珊瑚的黑色镜框里放入他妻儿的照片。一个十七岁半的士兵在单相思发作时开枪打死了他们和商店里所有的人。

几个老人，坐在矮牵牛花坛边的市政长椅上低声交谈。在他们中间，我看到瞎子路波坐在长椅尽头，和往常一样被一群鸽子围绕，它们敢于落在他的膝头和肩膀、从他伸出的手掌上吃玉米。他的德国牧羊犬在他脚边打盹儿，无视鸽群。盲人的脚绊到了狗背，他赶紧道歉。与此同时，交通信号灯每分钟都变换着颜色，尽管没有车辆在等待。在女士内衣店"迷醉时装店"前面，一个来自埃塞俄比亚的军官，头上戴着高原步兵旅的贝雷帽，半张着嘴巴呆呆地盯着橱窗。

我们穿过本·古里安大道时路灯亮了，其实还不必要，因为白昼仍在缓缓隐退。半边天空被照得通红，狭长的云朵镶嵌其中。一个女人叫她的孩子立刻回家，帕勒莫店里传出伤感的音乐，西风吹拂下金属广告牌摇晃着低语，在这些夜晚常有的声音后面，有着深沉的、广阔的寂静。在本·古里安大道的尽头，灰色广漠的开始处，两辆推土机停在那里，其中一辆体量巨大。它们旁边，守夜人用小树枝点了一堆冒烟的篝火，他和他的三条狗一动不动地坐在地上盯着火看。头顶上，一只静止的渡鸦在散落着云朵的日暮微光里形成一个黑点。来了另一只。又来了两只。

二十年前，灰色山丘环绕的还只是荒芜的高原，只有那条通往山崖后边谷中军事基地的模糊土路经过它。而现在已经有了九千定居者，一个大城市的初级版本，平平地展开，它自己还没意识到这一点，但已经开始渐渐向高原外扩展了。城里差不多有十五条大街，相互垂直或平行，全都通往沙漠。来自三十个不同国家的人们住在对称的五个街区内，去上班或是去咖啡馆，往户头里存钱，给婴儿换尿片，更换他们的窗帘或是太阳能热水器，把后阳台包起来添出一个房间。仿佛这里的一切历来如此。还有一个健康诊所、一个图书馆、一家酒店、一个小工厂，再就是还有一个弦乐四重奏，两周前刚从基辅到来。一个奇迹，阿弗拉翰·奥维埃托在死亡事故之后头一次来到这里时说，有时候，就那么一瞬间，你会觉得这是个奇迹，至少是个小奇迹。他又补充说，伊曼纽尔爱泰勒科达。这里是他的家。

小花园里的土壤是居民们从远方运来的，用卡车，他们用它盖住了燧石层，仿佛敷裹住伤口。砂粒从宽阔的广漠中返回，竭尽全力要再次征服本属于它的领地。但花园坚守着拒绝让位。有几个地方，树冠已经高过了屋顶。燕子从远方寻路飞来，在树冠上歇脚。安静，平凡，几乎是驯服的，这就是晚上七点的夏扎尔总统大街在我眼中的样子，正是白昼将尽天空仍赤的时候，所有花坛里的软管都在同一时刻开始浇水，全凭市政灌溉电脑的一个小小的电子脉冲来操作。太阳落山时，小公园里的洒水嘴开始转动，而创立者大厦的正面外墙被隐在木槿丛中的射灯光束照得通亮。

我们看见一个阳台上贴着一张手写的广告："卖房、租房"。那是新的房地产商，巴格罗尼兄弟公司，穆奇说他们真是弱智，没把卖写成买真是奇迹了。我说其实我挺喜欢住在一个比我年轻二十五年的城市里，你能看着生活演进。穆奇笑着说：绝没超过十，这是算术说法。诺娅，你说二十五年是什么意思,你看起来绝不超过三十三岁半,而且一天比一天年轻——这样下去你很快就是十岁了。脸又红了,是不是?还是只是我的想象?一两分钟之后,当他明白了我的意思,他用不同的语气补充道:听着,也就这几天,我要亲自动手,用我自己这十一根手指头拼搭出点什么来,把那些可怕的太阳能板和电视天线遮住或者做些改变。让这儿看起来好一点。

我说:而且柏树也会越长越高,这样我们就有比群山和悬崖更美的天际线了。

穆奇说:然后他们会在这儿建起圣母院和埃菲尔铁塔,再给我们挖一条穿城而过的河流,有船有垂钓的人和所有东西,我来当建设承包人全权负责,条件是你晚上得在桥上吻我。

我几乎当场就要吻他,在夏扎尔总统大街上,这么一个狂热的、乱蓬蓬的男孩儿。我克制住了自己,只是说:现在已经挺美的了。也就是说,要是你还记得它初始时还有以前的样子。荒郊野外里一个钢管建成的军营。这里从沙子和梦想开始,我从哪儿听来这些的?

穆奇说,才刚开始呢,就什么也挡不住她了,就像有人问皇后的轻骑兵他怎么这么瘦的时候他说的一样。抱歉,顺嘴滑出来的话，别生气。

他们在电影一半的时候出来回他公寓后，他给琳达放了什么销魂的妙曲儿？

灵魂的音乐。剑舞。《波莱罗舞曲》。他有成堆的磁带，是这些年来各种女孩送给他的。我去的时候，他会让我来选，还会给我调一杯劲头十足的鸡尾酒，天下一绝。几天前琳达拽他去参加一个私人家庭音乐会，在德莱兹纳医生家里。那个从俄罗斯来的四重奏小乐队演奏了一些悲伤的曲子，然后放起唱片，更加哀伤，给死去的孩子写的歌。肯定是马勒，我说，《悼念亡儿之歌》。其中有一首叫《当你亲爱的母亲进门来时》，每次听到我都会颤抖，哪怕想想也会。穆奇说，你瞧，我不是很喜欢这些东西，马勒，德国，哲学，但实话说，那天晚上我听了那首死去孩子的曲子时都快哭了。它就好像穿透皮肤直刺内心，不是通过耳朵。甚至是通过毛发。如果世上真有一件糟糕透顶的事，比糟糕还要糟糕，可怕，就是孩子们的死亡。我反对孩子们死去。那是我参加委员会唯一的原因。你怎么想？这就是为什么我现在要去开这个会。

琳达端来了咖啡，盛在小巧的印花希腊杯子里。一个成套的玻璃动物园填满了三层架子：玲珑的老虎，透明的长颈鹿，亮晶晶的小蓝象，汇集并反射着灯光的优雅狮子，一个发光的微型鱼缸、里面只有一条金鱼，以及一组微型花瓶，玻璃里的气泡像泪珠般永远封存在里面。四年前她的丈夫，一个保险推销员，因为爱上了小姨子而离开了她。她在这里的小洗衣机厂做兼职秘书，干了很多年。她在当地合唱团排练时弹钢琴，她参加工会组织的所有旅游活动，参加移民吸收委员会、工艺团体、画廊推广专门小组，还有老年日间中心后援会组织的各类志愿活动。她是一个四十多岁的女人，害羞，患有气喘病，脑袋上盘着一条老式的辫子，有着耳语般的声音和少女一样瘦骨伶仃的身体。我们开会时，她给大家端送饮料和坚果，然后安静地蜷缩进沙发的一角，脑门探向膝盖。

会议开始时我们请路德米尔做会议记录。路德米尔七十多岁了，是一个身材高挑、晒黑了的男人，又高又瘦还有点驼背，让人联想起用铁丝和拉菲草做的那种比例失调的装饰用骆驼，总觉得他那双穿着卡其布邋遢短裤和破旧凉鞋、静脉突出晒黑了的长腿是紧连着胸部的。他有一头预言家式的浓密灰发。年复一年，他用痛苦和悲愤武装自己，在马背上挑战一匹又一匹的凶龙。就算这样也从没忘了他的妙语："没有火哪有烟"。早在他们搬到泰勒科达来的时候，那还是先遣营时期，他和妻子古丝塔就住在创立者大厦后面的一间一尘不染的小屋里，满屋都是疯长的西番莲。古丝塔·路德米尔是一个戴眼镜的女人，高挑而严肃，灰色辫子像绳子一样绑在头上，做数学家庭教师。她穿着守旧的衣裙，领口处严严实实地别上一个色泽暗淡的银甲虫，时常让我联想起以往英国上流社会的寡妇。有一次，大概四五年前，那是路德米尔刚从电力公司退休后不久，他跟我说他唯一的孙辈，他和他太太一手带大的一个十六岁的女孩，突然决定要离开家到特拉维夫的一间出租屋里独自生活，以便去一所特别的舞蹈学校学习。路德米尔坚持让我和她谈谈，"阻止她将年轻的生命抛入那座大城市的漩涡中，那里等待她这种年轻人的只有隐藏在哄人的辉煌事业背后的丑陋和堕落。"于是我请莱拉克·路德米尔到加利福尼亚咖啡馆来喝一杯热巧克力，她是一个紧张多疑的女孩，眼睛像被人追猎的瞪羚，脑袋陷进肩头就好像被锤子永久性地敲了进去似的。我试着了解她的梦想，但当我将手放在她紧绷的肩膀上时，她跳了起来，脸色煞白，然后跑掉了。那次让我明白，要注意不能触摸孩子们。路德米尔认为我把一切都毁了，他将孤单死去全是我的错，他不再和我讲话。两年以后他原谅了我，他改变了想法，最后认为所有人最终都是孤单的。"没有火哪有烟"是他用来打破隔阂的第一句话。但时不时的，他那孩子般的蓝眼睛又会突然饱含痛楚，向我抛来一个深受伤害的长久的凝视。

琳达去厨房泡第二轮咖啡，再预备了一些水果和买来的饼干。她让我们开始开会，不用等她，门开着她在厨房里什么都听得见。我也过去帮她的忙，等我们回来时，路德米尔已经爆发了，正对着穆奇狂吼——我们怎么敢不召开委员会会议就自己做主买下那个恶心的废墟，那个窑子、那个有毒瘾的罪犯们的老窝，甚至都没问问自己这么做可能会在社会上导致什么后果。他引用了一个句子说"无赖示下的救赎令非我所愿接受"，并表示这出自李·戈德堡。当我指出这其实是拉海尔的句子时，奔向穆奇的岩浆改道喷向了我——真是承您教诲，这么傲慢地卖弄学识，我们到这儿来是干什么的？是要想办法解救年轻的生命还是开学术研讨会？我们是生命挽救小组呢？还是一出外省戏剧里的傀儡，陪着一个百无聊赖的女人再设一个圈套给自己捉一个身披臭名昭著武器走私贩外套的新爸爸？她回头还要把他变成娱乐自己的小婴孩呢。

他边说边把记录本扔在桌上走了出去，摔上了门。他这是退出了。在反感中离去。抛弃了所多玛和蛾摩拉，任其随波逐流。几分钟后他按铃回来了。一言不发愤恨地拿起记录本，整个晚上都在鱼缸附近的角落里背冲我们坐着。事后发现尽管如此，他还是把整个进程做了忠实而精确的记录，严格克制住自己，只在记录中某些地方画上中括号写上"原话如此"，再打上惊叹号。

我把面前桌上早已准备好了的摘要发下去，戴上眼镜然后一条接一条推进。有很多办法能平息市里正在酝酿的疑虑。比如说，我们可以为本地上瘾的孩子们提供免费治疗，我们可以允许教育委员会、学校经营者和老师们在诊疗所的理事会内永久任职。或者，不如不叫诊疗所而叫健康团体。还要强调我们打算在年轻人和毒品这一领域中为杰出的专家提供研究职位，这样泰勒科达就能渐渐变成重要的科研中心，把全国有前途的学者和科学家吸引过来。我们应该不断重复这种开创性的主旨和社区参与的理念，还要强调为教育工作者、心理学家、社会工作者这类人群创造的工作机会，他们都是能为本市生活做出贡献的人。科研方面，治疗上瘾症有生物疗法和心理疗法两种方法，而我们这里可以将两者合二为一。另外，我们为什么不让地方警长参与进来？他能颁发一个声明公开提倡让我们与年轻人的上瘾问题做斗争，而不是在毯子底下扫地。如果警方能向公众说明建设一个封闭的机构能够减少而不是增加城里的犯罪率，那对我们是很有利的。最重要的，我们必须强调的主题是公共责任，公民尊严，以及这是一个让泰勒科达成为其他城市榜样的创举。

路德米尔打破他愤恨的沉默，发出一声嘘声：强调主题，你们听见了吗？

当他看我的时候，眼睛里又涌现出那种压抑着的痛楚。

此时，穆奇·佩莱格正在沙发上打盹，他艺术家般的乱发埋进琳达尴尬的瘦骨伶仃的大腿。他脱掉了鞋子并且把脚放在我的膝头，仿佛形成了一条从她的身体到我身体的桥梁。他在睡梦中咕哝着说需要一种私下里的法子。路德米尔又爆发了，他尖锐的声音震得玻璃动物园和那组泪珠花瓶咯咯作响：

伪善不会盛行！

我意识到会议该结束了。我建议我们于一周后再聚，在我见完警长之后。我们起身要走的时候，琳达羞涩地问我们可否再多待几分钟，她有一首曲子想弹给我们听，不是什么特别的，我们不应报太高的期望，真的很短。她坐到钢琴前，脑袋垂着，好像要用前额触碰琴键。弹到一半时，她的哮喘发作了，咳得很厉害，都没法呼吸了只好终止了演奏。穆奇·佩莱格去她的卧室给她拿来了喘乐宁气雾剂。然后，他在我们眼前把茶勺放进他粉色衬衫的口袋，不一会儿又笑嘻嘻地从路德米尔的头发里拿了出来。只有他一个人笑了。他一边道歉，一边用一只手抚摸着大口喘气的琳达，另一只抚摸着我。

琳达说，几乎是在耳语：我们今天没有多大进展。

路德米尔说：跳出煎锅直奔火海。

明天晚上我要去警长家和他谈谈。如果我能设法让他站到我们这边，就要想办法让他参加一次家长委员会的会议，还得参加教育委员会会员的特殊会议，得让巴特希瓦也来。然后再赶紧找个周末召开一个公开见习日，让教授、公众人物、艺术家们都来参加，要从耶路撒冷和特拉维夫请一些名人来。若能保证让他们在科达饭店住一个周末，就能把他们引过来，而这些名人则能让科达饭店答应免收住宿费。我得为这个见习日打出一份提纲挈领的事实要报。如果公众情绪有所转变，我们也许至少能……至少能怎样？你怎么了，诺娅？

我要不要让西奥私下里和巴特希瓦谈谈？

事实上，在泰勒科达，没有人比西奥更有资格挑头来负责这个项目，去平息疑虑，影响公众言论。不管怎么说，在拉美的那些年里，他成功地设计建造了大量的居民区、工业区、房屋项目，还有比泰勒科达大上好几倍的新城。两年半以前，一个冬天的周日，来了很多教师、工程师和医生，请求他同意作为无党派人士的首要竞选人参加当地竞选：他有资历，还有他的纪录，他令人产生信心的外表，他的专业知识，他的形象。但他婉拒了。西奥打断了他们的话：那不是我想要的。他半闭的左眼，仿佛越过他们的头顶向我使眼色，谢谢你们，他说，站起身来，感谢你们来邀请我。

苦涩而难缠。一只盲眼里的光华。抑或他是被限制在一把无形的轮椅里了？

而我呢？一个百无聊赖的老师翻开了新篇章？考验自己？还是我在刺激他，搅乱一切逼他醒来，如果这种说法适用于一个患失眠症的男人。

我们要离开的时候，穆奇·佩莱格明确表示说琳达显然是想、实际上坚决要求他留下来过夜。也许他希望我会嫉妒。我步行送路德米尔回家，返回创建者大厦后面那个西番莲丛生的一尘不染的小屋。在路上老头说：穆奇充其量就是个没教养的小丑，而他的琳达是个滥情的傻子。喀尔巴阡山脚下曾有一座偏远的村庄，村里有三十个小屋和两个钟。一个属于村长斯塔罗斯塔，另一个是执事的。一天这个钟停了而另一个找不到了，或者正相反。整个村子就没有了时间。于是他们派了一个男孩子，他很聪明，也有文化，翻山到纳德沃尔纳亚镇去把时间问回来，这样就能把不走的钟表再次调准。总之孩子走了一天半或者更久，来到了纳德沃尔纳亚，在火车站找到了钟，把准确的时间小心地记录在一张纸上，折好这张珍贵的纸，藏进他的皮带然后又回到他们村里。如果我冒犯了你，请你原谅，诺娅。我很抱歉。面对我们这种没用的空谈，我没办法待在那儿保持沉默而不发火。

然后他马上就开始为自己使用了"没用的"这个形容词表达歉意：他试过要把事情做好但总是把它们搞得更糟，他想要和解却往伤口里揉了盐。火焰和硫磺一直都滴落在我们身上，诺娅，因为怜悯本身就带有傲慢。没有火哪有烟。如过可能的话请你原谅我。我无法原谅自己，但是你还年轻。祝你晚安。愿众人皆获怜悯。

我十点钟回到家。发现西奥躺在起居室的白色地毯上，和往常一样穿着汗衫和运动短裤，赤脚，没看书，没开电视，他也许正在睁着眼睛打盹。他吻了我的脸颊，问我事情怎么样，我吻了他剪成军人样式的硬硬的灰发，说：很可怕。路德米尔疯了，穆奇是个婴孩而那个琳达让人悲哀。多半我也一样。没有能共事的人。微不足道。不会有任何结果。

等我冲完了冷水澡，他已给我们做了些晚餐，一份摆放整齐的沙拉搭配了雕成玫瑰花蕾形状的小萝卜，还有奶酪和刚切好的全麦面包放在木餐板上，煎锅在煤气灶上待命，里边放了一块黄油，旁边有两个鸡蛋和一把刀，制作煎蛋卷的准备已经就绪。这是一个仪式，具有始终如一的流程。我给我们俩倒了些矿泉水，面对面坐下吃饭。他裸露的宽肩膀靠在冰箱的侧面，我面对着他和他背后框满了沙漠繁星的窗户。西奥对我说他今晚也出去了，他去找巴特希瓦了，他预感我得和她谈谈。

我还没请你做任何事。最不想要的就是你去为我打开一扇门。

确实如此，但是，你还是应该听听：我的印象是，答应某种条件的话，我们可能有一线机会能把这件事办成。

我们？

好吧。你。抱歉。无论如何，我觉得你还是该听听。

饭吃到一半我就站起来把自己关进卧室。一会儿以后，他敲了门。诺娅，我很抱歉，我只是想——

我原谅了他，回到桌边。煎蛋卷凉了，于是西奥站起来，把一条擦手毛巾当围裙系在腰上，开始给我做新的。我让他停下：并不需要，我不饿，我们可以喝点草药茶再看看今晚有没有可看的电视节目。我们打开电视，随即又关上了，因为正在播出能源部长的采访，他在我们关掉之前说，这无疑是不可想象的……西奥放上一张唱片，然后我们默不作声地在扶手椅里坐了一会。在那一刻，也许我们彼此确实相像，就像穆奇说的没有孩子的夫妇在一起很多年以后那样。我突然站起来走到西奥那里，蜷伏在他大腿上，把我的头埋进他的肩膀，低声说，别说话。我想起了蒂吉，那个未曾谋面的贝尔谢巴的虔诚打字员，那个爱上了篮球运动员还给他生了一个他不承认的"蒙古症"孩子的人。一个活生生的婴儿，我想，即便残疾又如何，那是活的，而且正因为残疾他才需要而且应该得到更多的关爱。在那个阴沉的冬日上午，伊曼纽尔独自在昏暗的医务室做什么？他怎样又是为什么去的那里？他病了吗？或是溜进去从医药柜里给自己找些他缺不了的东西？我知道的多么少啊。即便现在我也一无所知。要是我现在遇上一个上瘾的人，我如何能在四五英尺外判断出他是吸了毒，还是困倦又或者不过是得了流感？当伊曼纽尔突然开口，他害羞的声音越过屋里沉默的深谷，问我是否恰巧带了能用来写字的东西时，他实际上想怎样？他想做什么？写点什么？还是他茫然地试着要交流？而我将他推开，我把自己围了起来。我没能领会，那是求助的言辞。

　　西奥。听我说。书籍装订商卡什纳想给我们一条两周大的小狗。别担心。我跟他说了你不喜欢宠物。等等，你别回答。听我说点别的，听听这出闹剧，琳达爱穆奇·佩莱格而他很显然也跟她睡了，但他还是很在意我，而我还爱你。

你呢？

我，西奥说，嗯，是这样。他没有继续说下去而是突然掀起汗衫套住我的头，把我包在他胸口黑色的毛穴里，像是他怀上了我。

播放六点钟新闻的时候我做了个水果沙拉。我闻了闻冰箱里的盒装牛奶，像往常一样既怀疑牛奶又怀疑我的嗅觉。然后我开始从右往左收拾厨房的架子。我盼着她早点回来。快七点的时候，我来到阳台上看白昼如何消退。一条奇怪的灰狗慢慢地穿过花园消失在九重葛凉亭后边，歪歪斜斜的，像是被重拳击中了似的。花园和沙漠之间是黑色的石墙。越过围墙和入夜后变暗的两棵柏树就是荒芜的山丘——不怎么像山丘倒像是听不太清楚的旋律。事实上，那听不太清楚的旋律是隔壁公寓里什么人在听录音机，不是完整的旋律只是简单的音阶，似乎毫无变化地重复着。电梯六次经过我们这层没有停。我想起来她今晚在穆奇的琳达家有个会。我决定出去。到干旱的河床下面去看看有点什么，要不就去广场那边看看书籍装定商卡什纳想给我们的德国牧羊犬的幼崽。

六月末，白昼很长，夜晚又干又凉。前门外边，一些年轻人坐在矮墙上，我路过时他们互相耳语着，就像发现了什么有趣的事。泰勒科达的那辆、而且是唯一的一辆巡警车没有打开警灯，从我身边开过去，然后减下速度。警察朝我挥挥手笑着：晚上好，阔边帽，怎么从来都看不见你啊？街道尽头突然吹来一阵风，吹出低沉的哨声。我发动雪佛兰，径直向哨声飘来的方向开去。这条街上只有九个住宅街区，过了最后一个以后，马路变成了车轮压成的土路，如果你愿意，可以一直沿路往南边去，然后往东南方向直到采石场入口。一来到高原上，我立刻意识到风比我在城里感觉到的要大得多：这不是温和的微风而是凛冽的强风，我听到风的呼啸声超过了轮胎压地的声音。车灯前面、还有我身边都漫飞着灰尘，透过这灰尘想判断出路径非常困难，就像是在暴风雪里开车。等我想起应该关上车窗时已经太晚了。我以蜗牛的步调继续摸索前行，试图在滚滚灰尘中搞明白海耶纳山的山坡在哪里，还要猜测我右边干涸河床的边界所在。成千上万飞舞的纤细沙粒填满了我整个视野，连那条将沙漠和天空明确隔开的地平线都被抹去了。这就像是在午夜时分穿越原始森林。我猜左边的暗斑是山峦底部的缓坡，我沿着它缓缓前行，西风从右边吹来，裹着沙粒抽打着玻璃。前车灯的灯光被沙尘扰得支离破碎又反射回我眼中，让人眼花缭乱，就像在浓雾中开车。车子左右摇晃上下颠簸，我意识到我已离开土路到了石场,从现在开始我怎么也得想办法沿着采石场旁边的那条(悬崖脚下的)石子路前行。越来越黑了,我打开大灯、雾灯、侧灯,但沙尘继续搅扰着灯光,再反射回我这里,光线在雾状的沙中变得暗淡。

我觉得还是不再前进比较好。我熄了火,下车,站在那里等轮胎激起的云雾平息下来,但过了一会儿我仍被笼在厚重、浓汤般的空气中。我迷路了。但我还是能模模糊糊地看出左边悬崖的边沿。我启动发动机,打算挨过去沿着它开,直到它把我带到军队在禁入山谷的入口处修建的电网,那样就足以把我引向石场的拐弯处。一团低空的云朵或是灰尘形成的高柱遮住了眼前的天空。我产生了一种奇怪的感觉,好像我不是在前进而是在上下移动,待在一个密封的盒子里,在深深的海底摇晃。我享受这种感觉,眼睛都快阖上了,事实上也许已经闭上了,反正我什么也看不见,只有车灯前令人眼花缭乱的沙墙在激舞。我想了一下是不是原地停下来躺在地上等待会更好些。再想想又觉得看不出能等出什么变化来。我考虑了前进包含的危险,因为有一些很深的小峡谷嵌在平原上,但我对自己回答说,不要紧,我还是可以慢慢地一步步前进。于是我挂在最低挡徐徐开着,以五迈或者更低的速度。石片和沙砾在滚动轮胎的重压下呻吟抱怨。我会不会已经不明智地开过了石场？也没准已经偏进了禁区峡谷？并没有什么拦住我，不让我调头返回。可是也没有理由掉头，又不知道方向，因为车轮的痕迹早就被风儿卷起的沙旋子抹去了。最好还是继续向南，如果那真的是南向的话，一直等到轱辘淌进印度洋或者至少等到我睡着、深深地沉入那早已抛弃了我但又时常像鬼火一般召唤我的睡眠。

然后，我看到迷障对面有一点微闪的灯光，是采石场入口的栅栏。我朝门卫闪了闪前灯，以免惊着他，但是没过多久我便意识到那不是采石场的大门：其实我刚才绕着城南兜了一圈，而现在我从西边又进了城，这是高尚住宅区的本·兹维大街。这会儿，我轱辘底下变成了碎石铺就的路面，有一排街灯，灰尘的厚墙消散了。我看到瓦屋顶和花园里黑乎乎的树木。那种发闷的木管乐曲一样的怪诞声音也消退了。银灰色的天地和灰尘的毯子消失了。一时间，我渴望调头开回我刚才所在的雾中去。但为什么呢？于是我驶过四幢雷同的房子，它们看起来就像是受到了老式童书里插画的启发：简单的方形屋子，带烟囱，由红砖建成，大门两边有对称的窗户。我把雪佛兰停在第四幢房子外面，在巴特希瓦的破斯巴鲁后面。我下了车，没有费劲去锁车，按了门铃。我间歇地按了三次，但没有回应，尽管左边窗户里透出亲切的微光，而且我觉得隐约听到了从房里什么地方传出来音乐的声响。

我毫不气馁,顺着一条铺着黑石、几乎被野夹竹桃彻底罩住的小路绕过房侧。最终在后花园里看到了巴特希瓦。她正和她的老母亲坐着享受夜晚的宁静,旁边无花果树枝上挂着的灯泡洒下黄色的光辉。老太太一动不动地坐在凳子上,笔挺而严肃,头上包着一条绿头巾,蜷紧的手臂硬邦邦的放在膝头。巴特希瓦正在吹口琴,我按门铃时听到的就是这忧郁的曲调。她全身摊开坐在一张椅子腿外翻的紫红色旧扶手椅里,它无疑曾摆在远东风格的画室里为其增色。现在这个室内饰件已经磨薄了,内里的填充物也从好几个地方向外露头,椅子被送到花园,像是一艘高贵的游艇停在沙滩边。她们俩头上都环绕着被照亮的飞蛾,我知道要是我在这里久留的话我头顶上也会绕上一圈同样的光环。

巴特希瓦·迪努尔,市长,一个和我同龄的女人,强悍,粉红脸膛,一头银灰色的短发,身子板很结实,身材不匀称。她深深地坐在扶手椅中,像一座朝各个方向延伸的山峦,仿佛她不只有四条手脚。她的牛角框大眼镜滑下鼻梁,坚实的红手臂颇为粗糙,像老书籍装订商的手臂。她总让我想起胖乎乎的荷兰老奶奶或是旅店的老板娘,用坚实的手臂统治者她周围的事物。

她看见我便停止了吹奏，从眼镜上方怪怪地看了我一眼，仿佛在我开口说话之前就能一眼看穿我。她说：瞧瞧谁来看我们了。到这边来，从廊子里拿把椅子到这儿来。不是那儿。这里。

我拿了一把她妈妈坐的那种凳子，坚硬而稳定。我记得要说"晚上好"。

巴特希瓦说：安静，西奥。让我吹完。

她继续吹了一曲我不知道的调子，但听起来又觉得有点熟悉甚至感人。

吹了十分钟以后，她突然吹够了，停下来，发出一声刺耳的声音，像头不耐烦的骡子。她让口琴滑进裙子在两个大膝盖之间形成的凹陷里。

不成样子，她说，我总想试着机械般地吹奏，挤干里面的情感，否则就总像李子酱那样黏糊糊的，顺便一提，我讨厌那个。你的样子真吓人。

她盯了我一会儿，还是从眼镜上方，好奇的，彻底的，毫不尴尬的。一个从未被对手打败过的厉害女人，然而同时她也是大方而精力充沛的，眼中偶尔闪过顽皮的光芒，就好像谁刚对着她的耳朵悄悄说了刺激的下流话，而这会儿她正在嘴里品着滋味，迟迟不肯咽下，故意延长着快感。

我说：你瞧，巴特希瓦。我很抱歉下班时间闯来。事情是，我有个在上班时没法和你谈的问题。

她的老母亲说：可怜的塞里欧扎来了。他陷入爱河了。他在找他的阿悠什卡。

巴特希瓦说：一个问题。好吧。我听说了。你太太。她的诊疗所。

我指出诺娅和我没有结婚。

为什么不呢？你应该结婚。诺娅是个小甜甜。

她快活地冲我眨了眨眼，大脸盘上闪耀着友爱和明察秋毫的精明。

给我两分钟解释。

我知道，我知道。你买了阿尔哈里奇的破屋，现在被它困住了。你来想让我让步，算了吧。

老太太悲伤地评论道：爱。他们不吃。他们不喝。哼——然后脑子就出来了。

巴特希瓦说：啊，谢谢你提醒我。我马上烧水给我们泡点茶。

她没有离开扶手椅。

我说：不用了。别起来。我就待几分钟。

巴特希瓦说：那好吧。请说吧。我们一个字儿也不让他插嘴还总说你请讲。现在你可以讲了。

巴特希瓦·迪努尔的丈夫一九六七年死于耶路撒冷战役。她一边干着电子工程师的工作，一边独自带大了四个孩子，是变压器方面的专家。九年前，我们来泰勒科达之前不久，她成功申请当上了洗衣机厂厂长。两年前当选市长，自此勇敢地战斗，用她自己的话说，要清理这块要命的废墟。她的孩子们都大了而且结了婚，孙辈们遍布全国。每周六晚上她都和老母亲出去，在信号灯边上的广场上走来走去。要么她们就在加利福尼亚咖啡馆坐上一个小时左右，而讨好的人会在她桌前排成队。她是个不知疲倦、直来直去的女人，总带着一股机敏有效的生硬。她的敌人憎恶她而她的朋友则可以为她上刀山下火海。城里的人都管她叫不屈的老卡车。

你瞧，我确信要是有很好的公众舆论准备，再加上你提出的不管什么条件，一个小小的医疗诊所，有点超前的，试验性的，具备一切适当的监管措施，可能会很有好处。它能引来研究者，可以成为社区志愿活动有效的聚焦点，还会有很有利的报道。其实这就是你一直寻找的那个鱼钩，能引来大学分校，也可能成为第一家医院的雏形。好好想想。

老太太补充道：冬天里温度计降到零下四十，狼在小屋门口嚎叫，嗷——，像个弃婴。

巴特希瓦说：算了吧，西奥。永远不可能的。不过我跟你说，冰箱里有冰镇薄荷茶。你干吗不来点？给我们也拿点儿来。杯子在烘干机里。

巴特希瓦，等等，试着这么看。一个丧子的男人出现在这里说要给我们七万块钱，还许诺会有更多的。他组建了一个委员会，他在行使他的权利，一个可笑的委员会，实际上。委员会买下了附近的一处眼中钉一样的废弃房产，注册为一个纪念基金会。相关人员充满热情，干劲十足。城里自然会有疑虑，有的还很正确。这完全可以理解。但你要是站在我们这头的话，那些怀疑会被扫清的。

谁需要它，西奥？看在老天的分上。一个鸦片烟馆。另外，他一分钱都还没有还给你呢。帮我个忙，把你的椅子挪到那边去。就这样。这样我就不用对着光看你了。你看起来真的很可怕。

老太太插嘴道：炉子边长跳蚤满身大汗的农民和衣而卧，门外狼还在嗥——。同情哪儿去了？已经绝迹了吗？消失了？

我没说是戒毒所。

啊，那是别的？那没问题，你们干吗不以比如说沙漠石雕工房这种形式来悼念？石头算我的，免费。

但必须是跟青年人的问题有关的,我说,这是为了纪念一个死了的男学生。

塞里欧扎整夜颤抖。大家都睡了而他睡意全无。

青年人。当然可以。电脑。你要做的就是说服你的捐赠人。比如建一个青年电脑天才中心。当然不能这么叫。对吧,妈妈?或者,弄个培养基地专门扶持高科技产业相关专业的年轻学者?你至少还得从你那个捐款人那里再弄来一万五,应付设备费和管理费,这还根本没想奖学金基金的事儿呢。如果你能在学术方面找到些赞助者,那我们就谈正事。干吗不呢?

那不是捐赠人想要的。

那我们就把它做成他想要的。或者再找个别的冤子的人。

我觉得诺娅不会同意的。捐赠人也不会。很难说。

那是你的事,西奥。机灵点。然后再来找我。妈妈,你说够了。我们的冰茶呢?

我不要,谢谢。我走了。我会和诺娅试着谈谈。不乐观。

塞里欧扎要病了。

不再待会儿了吗,西奥?不要紧?只是别打断我吹奏。静静地坐着就好,不,为什么不?你不妨碍我,是吧,妈妈?不妨碍的,是吧?恰恰相反,你很可爱。留下。

妥协一下怎么样，巴特希瓦？有电脑方面天赋又染上毒品的孩子？

她没有回答。只是鼓起了腮帮子，然后吹进口琴里去，像个决意不惜一切代价取悦人的老娃娃。她吹了一首我记得是五十年代的曲子，"他不知她的姓名，但不碍事，那条小辫在他身边如影随形……"

我站起来准备离开，踮着脚尖以免打扰她，这时她停下来说：还有一样，西奥。必须由你负责。必须是你的孩子。安静，妈妈。小心开车。记住：我没给你任何承诺。

这阵子，夏天生猛起来，白天的阳光让人无精打采，灰蒙蒙地令人乏力，晚上即使关紧了窗户，粉尘还是能钻进我的床单。柏油马路的路面在热浪中熔化，墙壁在夜间散发出残暑。南风从山那边吹来，带来大城市垃圾场焚烧垃圾的味道，微酸而烧焦的味道，像口臭的气息。从阳台上，我有时能看见一个贝都因牧羊人摊开身体躺在最近的山腰上，黑色山羊中一个黑色的形体，他那微弱的笛声断断续续传来，使人平静超脱。他在那块斜石的阴影里一动不动地躺上几小时，都做了些什么梦？总有一天我要过去问问他。我要尾随他一直到山中的洞穴，一直到传说中的那条从西奈通向约旦的走私贩的夜路那里。

我教的 12 班的毕业生们开始四散，有些早早地应征入伍了，余下的在城里晃来晃去，开着父母的车子在无人的街道上狂飙。要么就成群结伙在信号灯边上的广场上溜达。有五个跑到西奥的办公室咨询他的意见，不是就他的专业领域，而是就他们到拉美的背包旅游计划。城里流传的故事说西奥独自在丛林中和印第安人生活了十年。有些人背后管他叫阔边帽。不过本地人都对他保持着一种尊敬的距离。

我们那辆蓝色老雪佛兰的蓄电池和油泵每两天轮流罢工一次。本·埃拉车库的雅克·本·卢露说没辙,该把她处理掉了。西奥眯起左眼,灰胡子里涌出一个饱含怀疑的农民似的笑容,回答说急什么?这老丫头身上还有点活力。

有一天早上,某一个塔丽来找我,让我看她写的几首诗。她不知是该叫我小姐还是诺娅。我真想不到她或者她的朋友居然在写诗,感到十分吃惊。我发现那几首诗单薄、无力,我想找一种不伤人的方式说明这一点。

接着我觉得自己没有理由让她泄气:让她写吧。又没什么坏处。有人知道么?伊曼纽尔也写诗吗?她不知道。她不这么认为。不过也许他真的写过——在爱上那个教他吸毒的埃拉特瘾君子之前,他爱你爱到这儿,所以他有可能给你写过诗。对我?爱上?什么?你怎么会这么想,塔丽?听着,诺娅,首先不是塔丽,是塔尔。其次,谁都知道。知道?知道什么?他们怎么知道的?她嘴上浮现出一个尴尬的、也没准是不相信的笑容:这很简单:他浑身都表明了这一点。全班都知道。你什么意思,你真的没注意到吗,诺娅?说实话？你没感觉到他的爱？

我说没有。看得出来她不相信我。她离开以后，我想起了水泥公寓街区的那堵墙，紧挨着埃拉扎拉姑妈公寓里那个权充他小卧室的密封阳台的窗户：一扇灰色、布满尘土、压抑的墙，我还记起了那只棕色的杯子，还有他的衣服，折叠那件套头衫，他床脚下供那条哑狗夜里睡觉的破毯子，以及打开朝下扣着的那本描写比亚韦斯托克犹太人末日的书。

几天以后她又来了，羞答答地但又很激动，带过来一首新写的诗。这次她同意和我一起在阳台上喝一杯冰可乐、吃点葡萄。她上次来找我时从我这儿得到了灵感，启发她写了这首诗。她希望没有打搅到我。她觉得很微妙，就是写诗这件事儿，因为没什么人可以展示，而从另一角度看这又很奇怪，不是吗？写啊写的却不给任何人看，因为这里没几个能展示的人。就是说，除了我以外。她希望这不会太累。她是班上唯一一试着写诗的吗？不知道。我想是的。我们不怎么聊。我是说，我们常聊，但不说这种事儿。不可能。那你们都聊些什么？什么都聊。很难说。说点军队、出国、衣服和钱，流言蜚语，没什么特别的，这个那个的就这些。好比周五晚上，蹦迪之后，我们有时候会凑到一块儿聊我们是为了什么活着，眼前就是远东的这些事儿，不过只有我们几个而已。

大部分人都不这样。男孩子们都热衷于怎么才能进入真正的战斗部门，还有什么比什么更酷，其实他们挺害怕军队的。再就是哪里被成功地搅得一团糟——是占领区还是南黎巴嫩，就那类的事儿。然后还有艾滋病，我们现在也开始聊点这个。还有电脑。还有摩托车。

我问她毒品的事儿。塔尔说他们其实很支持这项计划，支持我和穆奇·佩莱格要引入这里的避难所。那会是个真正的纪念碑，不像在旧柱子上镶嵌名牌的那种，人们会记住伊曼纽尔。我们真的都喜欢。但家长们大都很不安，他们很紧张城镇的形象还有房产价值等等这些。我问她，就她所知学校里是否真有毒品的问题。这个嘛，是这样的，没几个真正上瘾的，但礼拜五晚上抽上几口的有一两个。是的，她说，她自己也试过，一点点，不过到目前为止她没有真爽过，因为她总是立刻就头痛起来。其实没几个真正的瘾君子。至少在她活动的圈子里没有。也许南边约瑟夫托尔住宅区那里的人吸得厉害一些。很难说。那伊曼纽尔呢？这个嘛，是这样的，多多少少吧。最初是在再献圣殿节期间，有一帮人离开这儿到埃拉特那边去转悠的时候吸了。那之后他自己又到那儿去了几次，但没人真的清楚那个女孩到底是怎么回事，玛莎。是啊，是有些传言。我不知道到底发生了什么，而且我觉得没人真的知道,因为伊曼纽尔太内向了,他爱上你之后就更严重了。没准有人比我更清楚,但其实,实际上我不敢肯定谁能真正了解别人。全天下谁都不行。怎么可能呢?每个人都待在自己的小岛上。流言无数,倒是真的。也有关于你的传言,还有关于西奥和穆奇的,还有琳达。你肯定听到过。大家都在说。不,我可不想现在就掺和那些,那可真烦人。你是说你从来没有意识到,诺娅?你没看出他爱上你了?一点都没有?别在意。没人清楚别人的任何事。特别是爱。爱情真是毁灭性的状态,她说。两个陌生人突然看见了对方,也没准并未真正看见对方,他们嗅着对方,然后没多久就比亲兄妹还要难分难舍。他们开始睡在一张床上,尽管不是从一个家庭里出来的。而且通常他们连朋友都算不上,相互毫不了解,只是勾住了对方,于是世上其他的就可以都滚蛋了。瞧瞧这是多么毁灭性的,真的。因爱情死去的人恐怕比因毒品死的人还要多。人们应该整整这个,也好有点办法治治它。每当她想到一个人对另一个人知之甚少,她就觉得哭笑不得。而怪就怪在这是无法改变的。无论你对一个人投入多少都没用,你可以一百年没日没夜不停歇地投入,可以和他睡在一张床上,都没用,最终你还是对他一无所知。要是她还有别的诗,可以继续来吗?而且不管怎么说,过几天妮拉就要下她的第一窝小猫了,妮拉是她的猫,姜黄色的,自己还像只小猫呢,特好玩,有着伯爵夫人的风度做派,但她太高傲了,就算所有人都恳求她,为她兴师动众,仰慕她,也没用——她有母虎般美丽的条纹,太可爱了,恍恍惚惚的,有时她甚至还会笑,高高在上对着自己咧嘴巴。想到她父母会把小猫处理掉,她就很难过,所以她想也许可以给我们带一只来做礼物?反正你们也没孩子,也许你丈夫会同意。

我告诉她西奥不是我丈夫,就是说,我们没有真的结婚。塔尔说,我听别人说过,没关系,他们什么事儿都说,叽里呱啦,无论如何我想给你一只小猫。好吧,那再见。关于西奥,有些事儿我真想问问你,我不知道,其实无关紧要。

关于西奥什么?

没什么。无关紧要。

关于他你想说什么?

无关紧要。他是很特殊的一种人。

哪方面特殊,塔尔?

很难讲。有点唬人。

她放下诗,离开了。

西奥整晚都坐着修理老打字机,一台四十岁的爱马仕便携打字机,我是在第二次意外之后,在父亲的一个抽屉里找到的。我从没见他用过。姑妈有时用它敲出严厉的信件寄给报纸,反对暴力、虐待和食肉。我把房子收拾停当之后,随身带走了它。他坐在那里直到午夜前,把它拆开、上机油再重新组装,把连接键盘敲键杆和按键的细簧装好。他戴着我的眼镜以便看得更清楚些。一瞬间,他看起来就像耐心十足的老一辈犹太钟表匠:他微微上扬的脑袋,那半闭着的眼睛透过我的眼镜片看起来被放大了,灰色胡子下噘起的嘴唇,剪成军人样式的灰发,撑住强壮脖颈的厚实的肩膀,这些都证明他为手上的活计献出了无限的专注。我静静地站在他身后,赤着脚,站了几分钟,被他手指的灵巧迷住了,就好像几代小提琴家和抄写员的灵巧都参与进来了似的。

他修理完打字机之后,我给两人泡了草药茶。西奥说他记得那机灵的咖啡,我在加拉加斯用它让男人们晕头转向。机灵的?晕头转向?他指的是我往男人们的咖啡里添加的科涅克白兰地和印第安粉末,迷惑他们让他们无力抵抗。还有我治愈我俩反复发烧的仙人掌精华。听着,西奥,这个夏天要不我们就去加利利吧。为什么是加利利?斯堪的纳维亚,我们可以租一辆红色敞篷跑车绕着峡湾开。要不买辆新车?或者养只小猫?

他摘下眼镜,垂下头仿佛要撞下去,然后缓缓地搔了搔脖子。他眯起眼睛歪头看着我，仿佛他成功破解了一个危险的阴谋。经过一阵安静的冥思，他宣布脑子里有一个购物单：首先，一张小书桌，放进我卧室房间的角落。第二，一台高亮度的阅读灯。第三，要不要买一个文字处理机代替这台马上又会坏掉的旧打字机，它早就该停止服役了。虽然这老丫头身上其实还有些活力。顺便问一句，你昨天去见贝尼兹利的时候他说什么了？和上回一样？还是他准备要帮你的忙了？抱歉。放弃提问。

我从后面抱住他，享受着他的肩膀在我胸口的热度，享受着我让他后颈汗毛直立的拥抱。告诉你，我振振有词地说，贝尼兹利开始软化了。如果巴特希瓦·迪努尔给他开绿灯，他乐意支持组建一个事实调查小组。西奥说，如果我是你，他用手环抱住我的腰，我会找个妥协方案。我可能采用一个模式化的概念，一个温和的启动期，比如说第一年有七八个病人，不要再多了，把这个地方经营成一个寄宿中心，有完善的围栏，而且，至少在第一阶段，不与社区发生联系。那样反对意见就会消失。还有一样：如果我是你，我要坚持把它建立在坚实的商业基础上，每个病人一个月至少要一千块，从小康家庭的孩子开始，另外为了让城里人高兴，我们得从当地家庭接收一两个上瘾的孩子，价格打八折。而且整个项目都要置于严格的公众监督下，要有营业执照，让基金会和市议会之间签署一纸法律协议。我会在协议里写上，议会在保证公众利益的前提下、保留年末不再续发执照的权力。此外，我会愿意从一开始就在书面上放弃法律行动的权力（当执照不被更新时）。在我看，来这个想法是唯一能打开局面的机会，就像是赢得一座桥头堡。如果我是你，处在你的位置，我会这样起草计划，即便这样也还是不保险。

但是西奥，你没有处在我的位置，我说。

西奥说：对。不。

对还是不？

我是说对，诺娅，我不在你的位置。

今天一个女孩对我说，她觉得谁也无法了解别人。

了解。了解是什么意思？

水在沸腾。再来点茶吧。了解意味着脱离自己。至少尝试着。时不时的。

你还记得有一次，在加拉加斯，你说一对儿没有孩子的教师会把所有时间用于纠正对方。你还说这不容易但不会无聊。你是那么说的，诺娅。就算是这样，我确实有时候是站在你的立场上的，我也希望你能站在我的立场上。

说够了。做爱吧。

什么,在这儿么?厨房里?

来吧。就现在。

我关上顶灯,解开他泛着旧皮革和汗水味道的宽皮带,靠近他毛茸茸的胸膛。我的手指试图像他修理打字机时的手指那样灵活。事后我们摸黑站在外面的阳台上,看月光洒下的银色河流投向山丘直至远方地平线上。我们肩并肩站着,但没有触摸或言语,就这样慢慢地啜着草药茶,听不知名的夜鸟歌唱。

她有一次跟我说起，她在前往提夫翁①附近去开文学教师会议的路上，开车捎过一个爱尔兰来的青年旅行者。那是一年半以前，十二月的一个阴雨的午后四点钟。因为白天很短而且还有雾，她不得不早早就打开了前车灯。刚一开灯，就照到一个长头发的人，远看就像个女孩，站在路边快被巨大的背包压弯了，用一种在以色列不常见的姿势挥着手。这个男青年爬上车后，她看到他的靴子里全是水。靴子很大，笨笨的，让她想起楚玛姑妈在家发号施令或去卡尔迈勒山上采集草药时穿的系带靴子。他把背包放在腿上在她旁边坐好，她注意到背包上缝了一个布条写着"爱是你所需要的一切"。年轻人和背包都湿透了。

　　他前一天晚上从戈尔韦②自己家出发，夜里搭车穿越爱尔兰，然后从都柏林飞到伯明翰，从那儿搭上包机，两小时之

---

① 以色列城市，位于海法东南15公里。
② 爱尔兰西部港口城市。

前到达这里。现在他要去找一个叫达芙妮的女孩，据说她是一个志愿者，在加利利某处的集体农场里工作。他不晓得她姓什么，也不知道集体农场的名字。达芙妮，她来自利物浦。他们最近在一起待了一晚上。分手时她告诉他，她马上要去加利利。那之后他就没见过她。她热爱羊和开阔的地方，她的梦想是当个牧羊女。他以前从没来过以色列，但他有一张地图，你可以看到地图上加利利不是很大。他可以从一家集体农场到另一家，直到找到她。他不缺时间。实际上，他声称，越匆忙越会搞砸，而且与生命的奥秘背道而驰。要是他的钱花光了，就试着在哪儿找一份临时工作，有什么干什么，他不在乎，他在老家当木匠的助手，在葡萄牙架过电话线，在哥本哈根有一次在一家小夜总会唱过爱尔兰西部民谣。心存善意的人到哪儿都能找到善意。他是这么说的。诺娅忽然发觉他病了，看起来在发烧，他不说话时牙齿直打颤，尽管她已经打开了暖风。两年前雪佛兰的暖风还能正常工作。不好意思，她严厉地说，像是在斥责懒惰的学生，可你知不知道加利利有多少家集体农场？你倒是打算从哪儿开始搜寻你的达芙妮呢？他没有回答，可能都没听见。雨刷器的摆动也许已将他催眠让他入睡。他离开家已经二十四小时了，也许整夜都没睡过，他昨天在爱尔兰淋了个透湿，还没机会干透又在这里湿透了。她觉得他烧的度数很高。他的头向前耷拉，垂在背包上方，湿透了的浅色头发在脸前拍扑。她又一次觉得他看起来像个女孩。

刚到提夫翁村，她就停下车，把他摇醒，然后也不知为什么告诉他在加利利北部尖端有一个叫做达芙娜的集体农场，她在他的地图上指出那个地点。然后把他和那个仿佛一大块潮湿岩石的背包卸在了那里。一会儿以后她停下车，朝后视镜里看去，可是开过来的卡车灯光晃着她的眼睛，卡车后面能看到的只有雨里的一个昏暗的电话亭。

到会注册之后，她把东西放回房间，已经有两个比她年轻二十岁的老师住进来了，其中一个很漂亮。她去听了开场演讲，主题是有没有女性文学或女性气质的文学，要是有的话，具有什么独特性。一刻钟以后她突然站起身来，走到外面停在雨中车子那里，发动汽车，折回到提夫翁村口、那个她丢下搭车客的地方去找他，因为她觉得自己必须带他去看病。可能她也想问问他，为什么说越匆忙越会搞砸，另外他说心存善意的人到哪儿都能找到善意是什么意思。但她到那儿以后没找到那个男孩，只有路边泥地里那个昏暗的电话亭。

她没有折回会议，反而在丁字路口转向北，在渐浓的雾里顺着她不认识的路一直开下去,直到意识到快没油了。她拐进迈德埃库鲁姆村附近的一家加油站,加油站关门了,但里边有几个男青年坐在亮堂的霓虹灯下,看起来正在核算全天的账目。看到锁着的门外她的身影,他们迟疑着相互低语,然后其中一个站起来打开了门,开玩笑似的说他们以为她是强盗,然后就给她加了油。他的同伴给了她一杯咖啡然后说,你不是我们今晚的第一个访客,女士,看看我们这儿有个什么人吧。她看见了那一头乱蓬蓬的亚麻色头发,在办公室的一角油污的地板上,蜷在一张破毯子里,婴儿般缩成一团。她把他摇醒说,我们走,给你找个医生。

他跟着她上车,昏昏沉沉的,静静的,发着烧,见到她一点都不吃惊:就好像毫不怀疑那天晚上她注定会再找到他并把他带走。他又坐到她身边,牙齿打颤,缝着爱之标语的那个大背包往大腿上滴着水,两分钟以后他睡着了。她从加油站里把他拽出来的时候他可能就没醒。他的脑袋搭在她肩上,金发散到她胸前。他的热度穿透她的套头衫,弄湿了她的颈窝。她在迈德埃库鲁姆的路口向右拐,决定返回会议中心,叫醒一个医生或者护士,到早上就坐下来给集体农场逐一打电话,直至找到他的达芙妮为止,至少也要找到一个地方能收留他并给他一份工作。可是她迷路了,水和雾气从外边模糊了车窗，而里面则因为他们的呼吸起了哈气，快到午夜时她路过了马祖洼集体农场，看到一块亮光的牌子标示出几英里外有旅店。她下决心得找一间房度过残夜。拐了几个弯，发动机熄火了。她把车停在随风晃动的参天桉树下一个临时停车处，坐等黎明。他的头这会儿已经枕在她腿上。她从后座上拿出毯子，铺在他和自己身上，这样他就不至于冻死了。然后她也睡着了。等她被清晨灰蒙蒙的天光弄醒时，她发觉雨已停了，搭车客和他的背包消失了。一时间她担心了一下自己的手袋，里面装着她的论文、钥匙和现金，但是找了一下就找到了，在她的座椅和门之间。六点半，来了一辆巡逻警车。一个中年的阿拉伯人警察冲她闪了闪金牙，批评她过于冒险，然后设法点着了发动机。八点，回到会议中心，她给我的办公室打电话告诉我这件事，要我试着找到她生病的旅客。也许集体农场志愿者登记表里有那个和羊在一起干活的、利物浦来的叫达芙妮的姑娘？没准内政部会有昨天入境以色列的记录，里面有戈尔韦来的爱尔兰男青年？

我觉得希望渺茫，但电话中她声音里有什么东西让我答应试一试。我花了整个上午四处打电话，甚至找到几个二十来年从未联络过的身居高位的熟人，以她的名义给他们打了电话，但当然是无济于事的。电话那头给我的只是伪装成客气惊讶的迷惑不解。她当晚回了家，放弃了会议，在厨房里让我吃了一惊，邋遢、发热、颤抖，她抓住我，把头埋进我的肩膀哭了起来。我把她冻僵的、血管突出、老女人的手握在我的手掌里，想让它们暖和起来。然后放热水，脱下她的衣服直接扔进洗衣筐，给她打肥皂然后冲水，再用厚浴巾替她擦干，给她裹上一件暖和的睡袍。我几乎是抱她上床的。我泡了一壶茶，给她倒了一杯，把余下的装进她床头的保温杯。然后叫了医生。诺娅睡了十六个小时。她醒来后眼神空洞地盯了我十分钟，既疏远又绝望。我给她拿来一些加了蜂蜜和柠檬的草药茶。她只抿了一小口，然后突然对我勃然大怒，展现出一股强烈的怨恨，除了可能有几次她为了逗我高兴学她爸爸怒火发作外，我从未见过她这样，只因为我往里加了一勺医生开的、而她坚决拒服的咳嗽糖浆。她提高嗓门满含痛苦地喊道，我又把她当小孩，说我是她生命中的沉重，压迫她，令她绝望，让她未老先衰，这个公寓就是个牢笼，泰勒科达就是个流放地，而我若是早晨醒来发现自己像条老狗一样孤单真的一点都不奇怪，那也许正是我想要的。

第二天早晨她觉得好多了。烧退了，关节也不那么疼了。她要我原谅她，道了歉。她坐在镜子前化妆，比往常更精心，对着镜子背冲着我给我讲了这个让她弄丢了的爱尔兰搭车客。

然后穿上一套很适合她的绿色套装去学校了，以免耽误一次考试。我试图阻止她，因为大夫让她多休息几天，但仔细想了一下我决定缄口不言。尽管如此，她站在走廊时我还是忍不住悄声说，也许你应该留下来。她看了我一会儿，饶有兴致的样子，然后突然心平气和地说，别担心，我会回到你身边的，你把我照顾得很好。

自从一年半以前那个十二月的早晨以后，她再没提起过她的搭车客。我也没提过他。身体恢复一周以后的一天，她给我办公室打电话要我晚点回家，七点而不是五点。我七点一刻回到家时，发现她给我们做了一顿三道菜的精美晚餐，还有气泡红酒和甜食。不过我还是得把车子做一次大修，本·埃拉车库的雅克·本·卢露说，瞧这儿，她可是上过战场了，有人开着她越过石头和岩块然后又陷进泥地里，这还弯了，这儿，这儿也是，因为拖她的方法不对。不关我的事儿啊，西奥，不过要我说，不管当时到底是什么情况，都不太妙。

凌晨一两点钟，我独自在阳台上面向沉默的平原，有时会设想她的那个孤单的旅行者还在加利利的空山里游荡。在羊圈里找他的达芙妮，他也可能已经放弃了寻找但仍然沿着荒废了的道路继续游历，缓缓地，漫无目的。心存善意的人到哪儿都能找到善意，我到现在也根本不能理解其意，但我越来越喜欢这些词汇的乐感。他眼下睡着了，呼吸浅而平稳，看起来像个漂亮姑娘，脑袋枕在沉甸甸的背包上，亚麻色的头发以我从未见过的方式如面纱般垂在脸前，夜光里一个人在荒无人烟的地方，一个有鸟、有树、有泉水的偏远宜人的山谷里。兴许躺在那里的，不是从爱尔兰来的木工学徒而是我，在树下睡着，在和风里宁静的阴影中，在四下除了鸟儿、树木和泉水之外别无他物的山谷里，我又为什么会想要醒来呢？

早晨他离家去办公室之后，我回到厨房继续阅读《陷阱中的青年》。我把想要继续探究的各种细节写了下来。在特拉维夫区域有三家公立戒毒中心：一家在哈提克瓦区，另一家在雅法，第三家在奈瓦埃来泽。三个都不是真正的寄宿中心。大麻和鸦片主要是从黎巴嫩走私过来的。最近吸食快克变得非常普遍，这是一种高纯度的可卡因。在市场上最容易到手的强效毒品是波斯可卡因。大部分吸食者都要早上来一剂、晚上再来一剂，它的优点是效力能持续几小时，吸食者在其作用下能继续行动如常，至少在一定程度内。至于戒毒，有的是在监狱里戒除的，而也有些人实际上是在监狱服刑时首次接触了毒品。试图让戒毒成功的人陪伴在正在接受治疗的戒毒者周围、并将其与惯常的环境隔离，是好坏参半的。治疗最惊险的阶段是"停服期"，平均持续约十天左右，短的可能只要一周，但有时也会拖延到三周甚至更久。通常在第二天或第三天时痛苦达到顶峰，伴有疼痛、恶心想吐、痉挛和阵发性抑郁或攻击行为。在极端案例中可能会发生自杀行为。安眠药、止疼药和高强度按摩能够减缓但并不能消除停服期的症状。建议停服期这段时间待在家里，有持续的监护，有家庭成员和一个专家小组，偶尔还要有成功戒除吸毒习惯的原吸毒者互助小组参与。这需家庭具备支持的氛围，不要有使情况恶化的因素，在这种案例里最好完全没有。停服期之后，是一段为期六个月至一年的脱毒期。在这个阶段，建议采用频繁尿检的方式跟踪病人的进展，不过也有提供他人尿样蒙混过关的可能性。尽量不要监禁关押开始吸毒的青年，而是将他们置于监察官的监督下，迫使他们及其家庭坚持执行定制好的治疗方案。我在接下来的一章里读到，严重上瘾的人是那种完全活在情感层面的人，这就是为什么任何情感伤害都可能会令其重蹈覆辙。我觉得"重蹈覆辙"这种说法不恰当甚至很无礼，而"情感层面"这一表达则让我觉得非常粗暴。

我明天是不是该去埃拉特？

我是不是该找那个叫玛莎的女孩？

我要不要调查？比对证言？

那个父亲呢？他为什么没去埃拉特？还是他去了但没告诉我？他又为什么非要告诉我呢？

他姑姑知道些什么？又是何时得知的？

他在医务室找什么？他为什么会溜进去？他迟疑地问我是否带了能写字的东西时，我又为什么会僵住？他真的眨眼了吗？还是因为阿弗拉翰的故事我现在才这样想象？

你可以把你的全部资源投入进去，投入一百年。到头来一无所知。

与其试图解读真相还不如做些正经事。不如像那个警察一样，以一种不行于色的同情尽可能地工作：行动精确且坚持不懈，就像一个疲倦的、经验丰富的外科医生劳累了一天刚要开车离开医院停车场回家，看到很多死伤者被送进医院于是自愿加班。他调头，停下车，默默地又穿上白大褂、戴上口罩，回到手术的舞台。

七月底，阿弗拉翰·奥维埃托来了。一个人，这次阿贝尔没有同行，一个精瘦、显老的、肩膀单薄的男人，穿着米色牛仔裤和皱巴巴的衬衫式夹克衫。他用安静而忧伤的声调向西奥保证，两周内会转给他两万元以偿还借款，剩下的也会很快还清。西奥说，着什么急？然后他们俩开始聊以前独立战争时的一些疏忽和错误。阿弗拉翰几乎没和我讲话，只是谢谢我给他咖啡，也许是因为西奥根本不肯放开他。我去了一趟小卖部，回来后发现他们对伊戈尔·阿隆和另一个外号叫谢尔盖的著名军事指挥官纳哈姆·萨里格所作的某项决策看法一致。结果发现他俩都跟他很熟,还都反对过他的战术,而我根本都没听说过他。他们主动要向我解释这位传奇将军有什么特别伟大之处、还有他的战术到底错在哪里,这时我说,谢谢,但我对这个话题不感兴趣,况且我也不了解背景。实际上我觉得坐在他俩中间,听他们低声交谈挺有趣的,甚至是很愉快的,他们就好像两个同谋者在策划一个秘密计划,仿佛独立战争还在内盖夫沙漠的某处秘密进行着,只能用加密的语言、隐晦地讨论那些失败和错失的良机还有替代方案。阿弗拉翰·奥维埃托提到了比尔拉斯鲁戈,一个修筑了防御工事的高地,西奥不同意,然后说,我觉得你弄错了,据我回忆,那还要再往南一点,挨着加低斯巴尼亚。阿弗拉翰沉思着说,尽管如此,取古罗马道向翼侧运动还是皮尼·芬克尔的功劳。然后西奥说,允许我持反对意见,我觉得那份功劳应该属于你,阿弗拉翰。皮尼·芬克尔不值一提,要我说他被杀是因为自己的浅薄。顺便说一句,他有个儿子叫尼莫罗德,我把他拉扯大。他还是穷小子的时候跟我一起住了两年,我给了他一份工作,把他扶上位,结果就是他把我踢出了发展机构。他没有亲自出马,但他是幕后主使。不要紧,那是陈年旧事了。

他从未对我说过。我从未问过他。

我给他们倒了点咖啡,然后留下他们单独待着。我决定离开去取一双送修的凉鞋。

上午十一点,我在我们的公寓召集了委员会议。西奥准备了几盘水果、几杯冷饮、胡桃和杏仁,还有切成薄片的全麦面包和各色奶酪放在木餐板上,把它们放在茶几上摆好。路德米尔早到了二十五分钟,穿着卡其布短裤和踢里趿拉的凉鞋,说了他惯常的那句话"没有火哪有烟",然后独自消灭了所有胡桃和大部分杏仁。埃塞俄比亚移民,他宣称,在这儿受到废物一样的待遇,俄国人的命运也好不了多少。无论如何,应该把入境机构的那些人在墙边排成队予以枪决,而采石场应该被炸掉,在我们被它的灰尘毒死之前。穆奇·佩莱格迟到了一刻钟,他看起来又像那个白兰地广告上的青年思想家了,一头乱飞的头发,还有脖子上艺术风格的丝巾。他说了几个笑话,替参团去约旦谷旅游的琳达道了歉,跟阿弗拉翰·奥维埃托调笑了一会儿刚果的姑娘。什么来着?尼日利亚,没什么两样。然后说,来吧,西奥,开会吧,把这事儿了结了。

西奥说:

允许我简单勾勒一下可预见的困难。首先,巴特希瓦能在市议会推迟讨论，想拖多久就拖多久。她可以把这件事在议事日程上排得很低。她能在政府部门那边和我们对着干，阻止我们得到许可。她可以让这个问题被讨论，但以各种正式和技术方面的问题将其无限期搁置。第二，公众已经揭竿而起了。建立诊疗所会拖低资产价值，会导致从犯罪到噪声各种麻烦事，会令当地青年接触不三不四的东西。人们表示他们在泰勒科达投资买房是为了要过平静的生活，而诊疗所再加上夜晚的救护车、巡逻警车、暴力事件、尾随瘾君子而来的犯罪率上涨，都将破坏他们的和平与安宁。不管怎么说，也不能为了一叠钱就把一个几乎没有犯罪的城市变成疯子窝或者大城市的废料堆。这里谁需要瘾君子、毒贩子、课间绕着学校转的皮条客、吸毒的十五岁妓女？入室抢劫、偷车还有为点小钱就抢劫老人们的小瘾君子？还有花园里的脏针头，没准还沾着艾滋病病毒？他们已经开始挨家串户动员泰勒科达签署联名请愿了——治疗什么的都是怎么回事，一旦上瘾终身有瘾，肯定是有人在背后要藉此捞上一票，而且为什么非得是这儿呢？他们往我们这儿塞进来这么大量的新移民，哪儿都不会要这么多，这难道还不够吗？要不了多久，他们就要从占领区把巴勒斯坦反以运动的孩子们、还有丢燃烧瓶的人送到这里来康复治疗了。反对意见的种类越多，巴特希瓦那儿就会有更多的辩论日，分别处理每个不同的反对意见，进程会一拖数年，而这还都是在居民没来得及联合采取法律行动之前。除去这个不提，市议会依法可以仅凭现存的市政发展主要规划直接拒绝改变功用。死局。这还只是地方级别的。但还有其他级别：福利部门、内政、健康、教育、警察，实际上是半个政府。而我们还没说到运作费用呢。要我继续吗？

阿弗拉翰·奥维埃托偷偷给了我一个他那冬日阳光般的笑容，忧郁地说：那怎么办？我们该罢手吗？凑合弄个带秋千的纪念公园？

西奥说：妥协。

然后是路德米尔：妥协。妥协臭气熏天。

之后穆奇·佩莱格向委员会报告了原属那个姑姑、埃拉扎拉·奥维埃托的公寓的出售情况，那里以后将是齿科医院。即将到账的卖房钱款，经奥维埃托先生的首肯，将直接打入基金会账号，一等到爱打破了偏见的藩篱，就像拉比对修女说的，便可用于整修阿尔哈里奇老屋。

我没有说话。

然后他们决定，西奥下周跟阿弗拉翰·奥维埃托一起去耶路撒冷，争取获得部长的支持，那名部长四十年前曾和西奥在一个战争工程队里服役,而且从阿弗拉翰在巴黎当军事随员时起就与他相熟。还进一步决定要会见贝尔谢巴大学的高层和反毒品运动的领袖。委员会的成员组成也需要改变。很有必要囊括进来一些核心成员,有影响力的、社会关系丰富的居民、教师、社会工作者、心理学家、有声望的本地人士还有一两个思想进步的家长或者孩子受此问题影响的家长,以及本地报纸的主编甚至或许一两个艺术家。

结局是,路德米尔茫然若失地说,我是多余的。

穆奇·佩莱格跟着说:就像丈夫在吓到了邻居怀里的自家老婆时说的一样。你们会留下琳达吗,至少?让她还能继续打字?

会后,路德米尔和穆奇离开,穆奇踩着他天蓝的鞋子冲在前面按电梯,而路德米尔踱着骆驼步跟在后面。西奥说:你们在这儿待一刻钟,我去帕勒莫给我们弄一张比萨饼回来。这样我们就省下了做饭的时间,等我回来,我们吃完以后就带阿弗拉翰去看看这儿。

吃完比萨,我们给访客介绍了泰勒科达,因为阿弗拉翰·奥维埃托提出要"抓一些这里的感觉"。奄奄一息的雪佛兰启动时又出了问题,尽管最近修了两次。路上,西奥主动请缨解说了本城建造时采用的不恰当的方案,一个自打开始就注定了结局的构想。也许是这些话让阿弗拉翰又转向我,发出一个秘密的、转瞬即逝的笑容,似乎让我瞥见一间明快、宜人的房间,而其百叶窗随即就又关上了。一个虚弱的、身材瘦小的男子,有着渐疏的白发,他的脸被非洲的太阳晒得布满沟壑和皱纹;这张脸就像是一个老金属镶板匠的脸——业已退休,如今将时间分割为读书和思考。他说的很少,用一种温和苍老的声调,带着一股埋没自己般的迟疑,仿佛他觉得说话这个行为本身就很吵闹。"我们该在何处闪光,何人渴望我们的光亮?"我在后座上默默地问他。

我们缓缓驶过公寓街区和独栋区域,驶过被沙漠微风扰动的棕榈树、稀疏的草坪。凤凰木的小苗还有生机,因为有喷下的水滴的密集关照。

真美,令人激动,阿弗拉翰·奥维埃托说,一个全新的市镇,没有《圣经》或阿拉伯传统,建得以人为本,而且看不到贫民区和任何疏忽的迹象。

我们认为是理所当然的,也许是错的。

西奥说:建得恰如其分未必就是恭维。

阿弗拉翰说:未必。但它是的。

信号灯边的广场上,我们在阵亡者纪念碑前站了几分钟,上面用金属字刻着"以色列啊,你尊荣者在山上　杀"。还是没有倒数第二个字。还有二十一位阵亡者的名字，字体相同，只是字号小一些，从阿弗拉罗·约瑟夫到舒民·齐奥拉·乔治。老卡什纳驼着后背坐在他那间小安乐窝外边走廊的凳子上，读着一本厚厚的书。皮尼·波佐在他鞋店的橱窗里摆放了他的涂漆木制约柜模型。路过的人可以看到，约柜里的彩照是他妻子举着宝宝，她的额头触碰着婴儿的额头，她露出牙齿朝婴儿笑着，而婴儿满口无牙还以微笑。两人已故去。

接着我们到西奥的办公室、市政厅左边那栋大楼顶层的"规划处"喝了咖啡。墙上挂着各种地图、视图，一张放大的本·古里安坚定凝视广袤荒谷的照片。西奥给他的访客展示了一些他想出来的沙漠条件下顾及环境发展的规划和理念，街道、广场、穹顶建筑的草图。在精心的设计下它们都相互连接，形成像庇荫的峡古一般的曲折廊道，能投下阴影并遮住耀眼的阳光。很明显，尽管来客说得很少，他的存在本身点燃了西奥身上的激情。第二杯咖啡之后，西奥甚至从抽屉里拿出一个蓝色文件夹，从中取出三套不同的阿尔哈里奇老屋的改造方案。阿弗拉翰·奥维埃托静静地看了一会儿，在他作为共谋者提出简单的问题然后得到扼要的回答时，他都没有把眼睛从上面挪开。我没听见问题是什么，也漏掉了答案。

我走到窗边。看见一只扯裂了的风筝缠在电线上,在风中前后摇摆,就在兼卖彩票的破台球厅上方。药剂师沙兹伯格的那个颤颤巍巍的老家伙,最近死掉的那个,一直被称为伊利亚,因为他总是礼貌地询问每一个人伊利亚什么时候来。从对面布告栏上一张变黄了的讣告里我得知,他的真名不是伊利亚而是古斯塔夫·马尔莫莱克。我突然想起贝尔谢巴的贝尼兹利说的话:"微不足道"。我决定就待在那儿看着窗外,免得碍事。西奥和访客之间似乎建立起某种亲密且惺惺相惜的纽带关系,而我没份参与。我注意到,西奥两次得到了百叶窗里壁炉的火焰那种笑容。我希望自己身在别处。比如在拉各斯。

和巴特希瓦·迪努尔会晤时,发现阿弗拉翰·奥维埃托指挥过她丈夫隶属的预备役排,她丈夫随该排参与了一九六七年的耶路撒冷战役并在战斗中牺牲。阿弗拉翰没有忘记他,迪迪,那个高个子留胡子的男生,他们待命时他总在小巷里的柏油路面上躺下来,像阅读惊险小说一样看乐谱。

谈话结束时巴特希瓦要西奥写一份详细的备忘录出来。我特别需要知道,她说,你们计划把围栏修得多牢靠。还有事实上,如果真是要弄一个封闭机构,那么广大社区从中能得到什么好处?另外工作人员怎么弄:是当地人还是外来的？要是外来的，是不是在合同上要求他们住在这里，还是在一天结束时他们就上车，留下个值班的人，然后就成群结伴重归文明？还有，奥维埃托先生、阿弗拉翰，打算给这个项目投多少钱，另外运营费，如果出的话，他会出多少钱？你们要是不能拿出一份令人信服的五年细目，就不必再麻烦回到这儿来了。我们说清楚，我刚才的话里没有任何许诺，除了下次你们来看我时会得到的一杯凉水和一块饼干，如果你们来的话。还想多说一句，一个纪念机构，一个慈善项目，我理解也很支持。无论如何我们这个国家其实就是某种纪念，我也明白这个纪念项目必须是和青年有关，没有青年我们就没有未来，尽管没有未来何谈青年。但为什么不弄个体育馆？一个俱乐部或是一个游泳池？把教育系统微机化？一个工艺品趣味中心？新实验室？实验电影院？诺娅，你说说啊。让他们务实一点。不管怎么说，你对西奥还是有点影响力的，而且我要是没错的话，她对你也有点影响力。奥维埃托先生、阿弗拉翰，我说的对吗？嗯？

阿弗拉翰·奥维埃托说他想做的是挽救年轻的生命。他说他儿子伊曼纽尔爱泰勒科达，而他自己现在开始明白这种爱的个人原因了。他还说伊曼纽尔喜欢诺娅，而他自己现在也开始喜欢诺娅和西奥了。

下午将尽时,西奥开车带来客去看了那座空屋。

我头疼起来,我说,我待在家里。

十分钟以后,我的头真的开始疼起来。

我吃了两片阿司匹林,去公共图书馆的阅览室坐下,那里开了空调,空荡荡的。我找到一本英文书,讲的是拉各斯的殖民统治史,我读了个把小时,然后开始读大猩猩,直到有人走过来轻触我的肩膀说,诺娅,抱歉,闭馆时间到了。回到家以后,我得知阿弗拉翰·奥维埃托已经离开这里去特拉维夫了,他拜托西奥转达他的感谢和祝福。西奥自己坐在一张白色扶手椅里,和往常一样耐心地等待我回家,静静地但不屈不挠、傲然地等待着。他赤着的脚跷在茶几上,汗衫透出肩膀的强壮,泛着皮子味道的宽皮带浸透了男性的汗水,但这次他却没有坐在黑暗中,他打开了灯,以便读一本从我的床头柜上拿来的关于成瘾的书《陷阱中的青年》。我进门之后他摘下戴在他脸上的我的眼镜,问我觉得怎么样,我的头好点了吗?

好极了,我回答道。

凌晨一点差五分。电梯的嘎嘎声透过墙壁,它没有停,借助呻吟的绳缆继续往楼上去了。诺娅在她床上,她洗了头发,穿了一件白T恤,戴着眼镜。床头灯在她头上套了个光环,她在专注地读一本书,《花朵一代的兴亡》。西奥躺在他的房间里,收听伦敦来的关于膨胀宇宙的广播。阳台门开着。从东边空山处吹来一股干风,慢慢地扰弄着窗帘。没有月亮,星光冷而利。城里街上早就空荡荡寂静无声了,但广场上的交通信号并未停止节奏性的颜色变换,红、黄、绿。瞎子路波独自在电话交换室里,值夜班,听着蟋蟀刺耳的叫声。他的狗在他脚边打盹儿,时不时竖起耳朵,皮毛上随即荡起一阵紧张的痉挛。伊利亚什么时候来?提问的男人死去了,他现在可能知道答案了。瞎子在听觉的尽头倾听着夜的簌簌声,他觉得在层层寂静背后,在蟋蟀刺耳的叫声下面,响起逝者的哀号,微弱而悲伤,仿佛雾在雾中移动。新亡人还未适应死亡,他们的哭泣微弱而无辜,就像被弃于郊野的婴孩的哭声。死得久一些的人呜咽如女人哭泣，哭声持续而平稳，像是黑暗中被一条冬毯裹住了似的。而那些早被遗忘了的、古时的逝者，从更深处传来凄凉空洞的号叫——饿死在这些山上的贝都因妇女、游牧民、古代的牧羊人，比寂静本身还要安静：他们想回来的热望在涌动。这下面是死骆驼悠长而单调的呻吟，亚伯拉罕时代被屠杀的公羊的哀号，古代营火的灰烬，千万年前春天里一度繁茂于干涸河床中的石化树木的沙沙声，它的渴望如今仍在高原的黑暗中低响。

路波站起身来，绊到狗身上，道歉，摸索着关上交换室的一扇窗。诺娅熄了灯。西奥赤着脚，去察看门是否上锁，然后回来检查冰箱。他想要什么？他还是不知道。也许只是洒在食品上的微光，或者是里面的凉意。他放弃了，回到卧室。他忘记关掉收音机，来到外边面向空山稍坐片刻。

会议之后，西奥去帕勒莫弄一张比萨饼回来，就可以不做午饭节省点时间。他想带我们的访客参观一下泰勒科达，也想带他去看看阿尔哈里奇老屋。

门在他身后关上之后，我说：对于四八年发生在内盖夫沙漠的战斗，我没什么可说的。你赢得了那一场以及所有的战斗，以少胜多，不管有没有皮尼·芬克尔或者其他什么人的侧翼协应。可我现在要给你联络信函、收据和账目，这样你就知道我们用你每个月执意寄来的钱干了什么。

阿弗拉翰·奥维埃托说没有这个必要。首先，到目前为止几乎所有的投资都来自西奥，他下周就还给他，变现时耽搁了。而且无论如何，越来越清楚的是前方困难重重，可以说买房子还是有点为时过早了。

但我没有放弃。我得给他看看拢在一起的账本和收据，还没有彻底整理清楚，还要给他看纸头工作和来往信函。是他把这项工作带给我，所以我必须向他汇报。我这就去把找得到的所有东西都拿来。要不然，我拉起他的手到我的屋里去，文件都在那儿，而且那里比较凉快，因为早上我没有打开百叶窗。

我房间里唯一的一把椅子被昨晚西奥给我脱下的衣服和内衣占据了。我让阿弗拉翰坐在我床上，然后把自己置于床和床头柜中间，想用身体挡住椅子上的东西。我戴上眼镜，把文件一张张递给他。阿弗拉翰·奥维埃托把每一份文件都扫了一眼，他温暖的面孔上流露出同情、好奇还有大概是轻微的惊讶，然后把文件放在腿上。过了一会儿，我还是坐到了床上，在他旁边，因为我觉得那样站着很怪，我的影子落在他身上几乎罩住了他苦行僧般的身体，午后的阳光在百叶窗板条间折曲柔化，照进这间屋子里。我一坐下，就觉得和男孩的父亲促膝坐在这张床上更显怪异，我和西奥昨晚就在这里做爱，流连于每个细节，温柔地抱着对方。

我说，好像在说一个不专心的学生似的：你在核对那些文件吗，阿弗拉翰？还是仅在浏览？你走神了吧？

你瞧，他说，你是唯一一个他喜欢的老师，而他可能对文学有点敏锐。你要是想听的话，我给你讲个故事。去年冬天十二月的时候，他第一次去埃拉特之后，我来这里待了两天半。住在科达饭店。最后一天晚上，日落之后他来饭店找我散步。每次我来,我们都会走上一两个小时,尽管我们不怎么交谈。他穿着暖和的灯芯绒裤子和一件棕色的皮茄克,那是我来的路上在罗马机场给他买的一件时髦的飞行员夹克衫。我也穿着外套。我们肩并肩走着,因为我们差不多一样高。那是个寒冷的晚上,山那边刮来很强的风。要是没错的话,我们是绕过了高尚住宅区,穿过保健站后面疏于管理的小公园,然后从创立者大厦旁边走了出来,大厦的正面被隐在灌木丛中的射灯照得通亮。突然之间下起雨来。你不舒服,诺娅。你往后靠在枕头上好不好?对,就这样。冬天里的沙漠夜雨,你知道,这里面有些东西令人伤感,比正常季节里非沙漠地带的降雨更让人伤感:它折磨人,就像是故意的羞辱。那是九点半,街上早没人了,而它们是那么宽阔,所以看起来更加空寂。我们借着街灯的光亮,能看见风是如何斜抽着雨水,每滴雨水都像针一样刺下来,大地散发出湿润灰尘的味道。四下里所有的百叶窗都关上了。看起来像个鬼城。有两三个人影,可能是贝都因人,脑袋上顶着购物袋挡雨,跑过广场,然后消失了。伊曼纽尔和我躲在巴黎电影院售票处的波纹铁遮雨棚下面。遮雨棚在疾风劲雨的攻击下呻吟。接着我们看到了远处的闪电,把东边荒山的山坡照得雪亮。斜雨越下越大变成了大雷雨。广场在我们眼前好像变成了雾中的黑河，建筑也似乎从我们身边漂走。干涸河床那边传来洪流的怒吼，不过再想想也许只是头顶上锡铁遮雨棚在抖动。不知为什么，我觉得这场大雨搅乱了我对沙漠的认识。当我对伊曼纽尔这样说的时候，他给了我一个扭曲的笑，不过这也很难说，一切都在无法逃离（紧闭的售票处上方）暗淡灯泡的湿漉漉的黄色光线下。我甚至不知道他是不是自那以后就沾上了毒品，也不知道他那时陷得有多深。这些我永远都不可能知道了。有一次你对我说他的话少而精，你说，对了，他总是那样，在雨中喀喀作响的遮雨板下寒冷的铁栏里，他就是那样站在我身边。他穿着那件我给他选的男性化的带拉链、口袋和金属扣的飞行员夹克衫，不像一个硬汉飞行员，倒像一个衰弱的小难民，被人搭救不致淹死，然后套上了救命恩人的外套。他站在那儿，看起来衰弱而没有活力，当他朝后靠向电影院紧急出口时，门突然由于他的体重而洞开了。他们那天晚上可能没上锁。雨更大了，于是我们进到空荡荡的观众席那里躲雨，那里很黑，只有两边上锁的大门上"出口"后的应急照明在微微闪亮。下面对着我们的是大银幕。从里面听起来，雨声很沉闷，仿佛在很远的地方，而雷声则像是在水下。我们就在那儿，我儿子和我肩并肩坐着，就像现在你我这样，在后面的某一排。我们知道自己都湿透了，但我的膝盖还是能感觉到他膝盖的热度，我突然生出一阵强烈的思念，仿佛他不我身边，而是，该怎么说呢，在黑山彼端。以前有这么个成语。尽管实际上在雨夜里所有的山都是黑色的。我对他说，伊曼纽尔，听着，既然我们现在坐在这儿，干吗不试着聊聊呢？他咧了咧嘴，问聊什么。聊你的学业？你母亲？或者也许我们谈谈未来？头部有个轻微、模糊的动作。于是，我这边又问了两三个问题，而他那边是只言片语或是一声咕哝。你能明白吗，诺娅？我在那儿，一个冬夜里单独和我儿子在一个寒冷无人的影厅里，肩膀挨着肩膀，或更精确的说是衣服互相挨着，却什么也没说，没有词语的接触，一点没有。而我属于能言善辩的一代，如果可以这么说的话。尽管在非洲的这些年里，除了解决问题，我忘了该说些什么话。他突然对我眨了眨眼，就像他小时候那样，深吸了一口气，好像在说等一下，然后从一个口袋里拿出一套磁力国际跳棋，是我某次在哪个机场给他买的微型跳棋。我们在微暗的亮光下玩了三盘，几乎静默地一盘接着一盘，在猛落的雨声里。三盘我都赢了。现在我跟你说，我认为这是个错误。我不该赢下所有那三盘。这些胜利有何好处？可另一方面，我要是撒谎欺骗让他赢了又有什么益处呢？你怎么想，诺娅？作为一个老师，作为一个敏感的人。我们在一起的最后一夜是不是让他赢会更好？

我没有回答阿弗拉翰的问题，而是用手臂搂住他的肩膀。我立刻又缩了回来，他转过来用疲惫的蓝眼睛看着我，给了我一个明朗而温暖的笑容，一个在那迷人的皱纹里燃烧起来但立刻熄灭的笑容，就像打开了一扇窗帘随即又拉上了。然后，他说，粗糙的手在身前移动，像是在把什么不愿意被塑造的东西捏成一个球：雨渐渐停了，然后我儿子站起来和我一起走回科达饭店。第二天早上我飞回拉各斯。我想过再给他写一封信。不过西奥到门口了，我们回起居室去把他带回来的比萨饼吃掉，然后出去看看他想展示给我们看的东西，不过我还是怀疑他们到最后评估阶段时能让我们在这儿建一个诊疗所。我觉得自己很难相信他们会同意，事实上就算我们放弃，转而用其他方式纪念他，就真的很糟吗？我很抱歉让你难过了，诺娅。我要是没说话可能会更好；是你告诉我我的儿子把词语叫做陷阱，而我们不够小心。遗憾。

整修围栏要花去我六千谢克尔，而且有必要安上一个门，挡一下晚上在周围游荡的人。我还是认为这里不会有戒毒中心，但我仍旧不遗余力地试图想出一个妥协的办法。我想要什么？我不知道。巴特希瓦·迪努尔两次来电话问我答应她的那份详情报告何在。晚上我坐着阅读诺娅散放在四处的册子和书籍，它们打开朝下搁着，在厨房桌上、走廊里、沙发上、阳台上的扶手椅里、厕所里。我已经略知一二，但问题的核心仍旧不明。与此同时，我不能怠慢了那处房产，也要防着那些似乎晚上在那里露宿的可疑之辈。我已经开始喜欢这座废弃的建筑了，每天都拿着铅笔和素描本在那里待上半小时左右，标注可行之举：北窗既可以在这儿也可以在那儿，可以开成三倍大。这座房子的中央，大厅里，除掉石膏吊顶的话，从地板到屋顶的距离差不多能有二十英尺，这样就可以比如说架出一个画廊，周围是平台，附加上螺旋楼梯和木制扶手。

我对诺娅说：再给我几天时间。

她不久以前还请求我，别把一切从我这儿夺走，西奥。但现在她已不再干涉，仿佛已经失去了兴趣。当我提议让她和我一起去耶路撒冷时，她说，我有点发烧，而且我的头……你自己去搞定一切吧。我晚上回到家向她说明我的进展时，她说：省去细节，西奥，我对那些还记得你过去是他们眼中光华的人或者突击队在独立战争中的失误真的不感兴趣。这会儿，看起来至少有了一线希望，而她已失掉了那似乎总是从生命内核直接涌出的、焕发的快乐。她的眼睛失去了活力，她每次宣称我的见解是冷是热、是好是坏、或是言不由衷、深藏不露，就像是给天下打分时常会显现出来的那种活力。替换那种激情火花的，是一种以往我从未在她身上见过的心不在焉：她一早离开家，中午回来，打开冰箱抓点东西站着吃掉，把餐具留给我洗，然后又出去了。她能去哪儿呢，在这个学校放了暑假，所有职员都跑出去参加充电课程和会议的时候？我小心地不去询问。要不就正相反：她整个上午坐着看电视里的儿童节目，然后晚上消失直到十一点。我甚至可以怀疑她终于给自己找到了一个情人，但她正是在这些夜晚里出现在我的卧室里，带着甜甜的金银花香气，赤着脚一声不响地向我飘来，穿着庄重的睡衣，看起来像宗教寄宿学校的女生。我站起来吻她发际线下的棕色胎记。我全身绷紧倾听她，像是医生在问诊，又好像她是我正在受难的女儿。我抓住她先衰的手，全身充满了不是由欲望而是由温柔爱意组成的欲望。我罩住她的乳房，手指下滑到大腿前面，就像治疗者摸索着要确定痛处所在似的。爱过之后，她立即入睡，脑袋放在我的肩窝里，睡得像个宝宝。而我则半个夜晚都清醒地躺着，小心周到，平静地呼吸以免打搅她。尽管她睡得很沉。

有时候，我见她和一个叫塔丽或者塔尔的黑发姑娘一起坐在厨房里，或是在阳台上，甚或有一次在加利福尼亚咖啡馆，那显然是她的学生或者以前的学生。她是个身材姣好的苗条姑娘，穿着打补丁的褪色牛仔裤，看起来像个红色的小印第安人。要是我就会给她穿一件火红色的衬衫。从远处看，她们看起来正沉浸在气氛热烈的对话中，但我一接近，她们立刻停止了谈话，仿佛等待我离开别再打扰。但实际上我不想走，不想不打扰她们。我觉得那个塔丽身上有点魅力，也许正是因为她显得有些怕我，缩到椅子边上，忧心忡忡地上下打量我，像个受到威胁的动物。这产生了让我坚决要加入她们的效果。她们的谈话立刻枯竭了。一种不情愿的沉寂降临。一通简短的问话后，我打探出塔丽十一月要去服兵役的信息。但她还是得应付大学入学的数学考试,古丝塔·路德米尔那个臭女人给她进行私人辅导,但是太吃力了,对数,她是一百万年也通不过考试的。我还发现她是"沙漠时尚"的葆拉·奥莱芙的女儿。最近我差点在那里给诺娅买了一条土气的裙子。她为什么来这儿?没什么特别的原因。那她对占领区的情形有什么看法?或是对以色列的未来有何见解?或是对泰勒科达的生活怎么看?还是放任自流?大体上对生活怎么看?她的回答空泛模糊,漠不关心,没给我留下任何印象,除了她的猫下了小猫而她想给我们一只。再给你要一杯冷饮?不,谢谢,我们刚喝了一杯。来点葡萄?不,谢谢。那么,我想你们是想让我离开别再打扰?你把钥匙忘在桌上了。拿上你的报纸。再见。"

但我不急着离开她们。正相反。急什么呢?我坐回椅子里,并且询问城里的人都在说些什么,比如那个新的弦乐四重奏,或是关于广场上停车场扩建?另外塔尔暑假有什么计划?从现在到她应征入伍之前,她想不想离开对数,像其他人一样去看看大千世界?为什么不?大千世界有什么不好?她对拉美的信息有没有兴趣?

诺娅打断道:巴特希瓦·迪努尔打电话找过你。

我接收到暗示,回答说:那她是在找我了。很好。那样的话，我就跟你们坐在这儿，直到她再来电话。别让我妨碍你们，继续吧，我就看看报纸。

有一次，我早上喝咖啡时半开玩笑地问诺娅，她和她的印第安公主一起那么久都在密谋些什么。她是在向你请教她的爱情问题吗？有什么其他的吸毒故事么？有没有别的送上门来的纪念项目？诺娅涨红了脸，说：西奥，够了，这将惨淡收场。当她看出我不肯松口时，就站起来开始熨衣服，尽管平时熨衣服都是我的活儿。

于是我决定后退，实施暂时性回撤。我可能有机会什么时候单独会会塔尔，或是自己去她妈妈的时装店买一条浅色几何印花的裙子，作为惊喜的礼物送给诺娅。

与此同时，我自己也有烦心事。纳塔利娅，那个星期五打扫办公室的年轻俄国女人，她把钥匙交给我说不能再做了。这次我打定主意决不让步。稍加侦查就弄到了棚户区小卖部的电话，在我巧言哄劝之下他们答应去叫她来听电话。经过一番坚定的斗争，克服了害羞、礼貌、担忧和语言的障碍，才发现好像是她那个无业的丈夫，在又一阵嫉妒的发作下，禁止她继续为我工作。于是我钻进雪佛兰，花了整整半小时在棚户区游荡，想找到那个丈夫到底在哪儿。我打算说服他，但邻居们透露说纳塔利娅已经逃走，去他爸爸那里过活了,他爸爸住在广场附近的租屋里,离我办公室不到两分钟。几天以后,那个丈夫也搬进了老头的破房子。等我找到那个地方的时候,纳塔利娅已经离开回棚户区去了。那个父亲和丈夫从锁着的门里喊了五分钟猜忌的问话,才同意拉开锁链让我进去。他们正在玩牌,而我打断了他们,两个强壮、微秃的男子,兄弟般相像,都是圆脑袋大骨架,长着健壮的举重选手的胳膊,笑的时候露出两排尖牙,两人都穿着黑色的T恤衫,脸上都是胡子茬。不知何故,我试图跟他们谈纳塔利娅的时候,他们爆发出阴暗而嘈杂的笑声,就好像我被捉了个现行。他们拍着我的后背,用俄语然后用我听不懂的语言接着又用俄语解释了些什么,之后又大笑一通,露出肉食者的牙齿,然后用热情的手势和几乎野蛮的诚恳邀请我一起打扑克。我待了一个小时左右,其间喝了两杯伏特加、输了四十谢克尔。

  那以后,我有时候会傍晚去找他们,不言而喻是在诺娅出去的时候。至于可怜的纳塔利娅,听说她离开了,要不就是逃走了,去她在加利利的哈措尔的姐姐那里了。又输了两盘之后我从他们嘴里得知了这些。我喜欢在这些粗鲁男人中度过一两个小时。我几乎听不懂他们的语言,但我喜欢他们雷鸣般的笑声,他们拍打肩膀,他们的吼叫,他们肘尖戳我的肋骨，这间顶棚低矮的破屋子，小厨房传过来油炸的腻味，不知何故让我想起篝火旁的夜晚，在加勒比海岸偏远地区乡下旅馆的院子里和陌生人度过的那些夜晚。他们给我美味无比的辣味腌鱼和一杯伏特加，我输掉五十或者八十谢克尔，有时候我也会加入他们粗哑的笑声，这些笑声都是一些我听不懂的笑话引发的。我忘了自己最初的目的是要消除他们的嫉妒，让那个丈夫接回纳塔利娅，然后让纳塔利娅回到我这儿，星期五来打扫办公室。我的印象是，他们试图用吼叫和滑稽的圆弧手势告诉我纳塔利娅怀孕了，因而我追在她后面毫无意义，而且她在加利利的姐姐马上也要生孩子了。但很难讲我是不是理解对了，还是我根据他们的手势和笑声自己编了个故事而已。而事实上，这跟我有什么关系呢？

这种时候我几乎能看到她：才不过是个姑娘，十七岁左右，金发，苗条，羞怯，安静胆小，她有女人的腰和胸，但即使是在她觉得我没有看她的时候，她脸上的笑也带着迷人的困惑劲儿或者孩子般的惊疑。不笑的时候嘴唇就会抿成要哭的样子。无论何时只要我问上一个极其简单的问题，比如她有没有父母，或是电暖壶里还有没有水，她就会脸色煞白颤抖起来，好像她严重破坏了礼节或是我提出了什么猥亵的建议一样，然后咕哝出一声微弱的道歉，这让我不指望她会回答，还会后悔当初提出问题，然后掉过身去掩饰那突然把我变成犀牛的肉欲。我后来知道她丈夫和他爸爸在摩尔达维亚①老家都是机修工，来到以色列之后就一直失业，于是我给穆奇·佩莱格打电话请他，看在我的分上，看看能否给他们找一个哪怕是临时的活儿，比如在整天和他一起坐在加利福尼亚咖啡馆的律法圣人委员会桌子那儿的铲土包工头里找个人问问。穆奇答应为我处理此事，这算什么问题，分分钟的事儿，虽然在我把他和路德米尔扔出委员会之后，实际上我并不值得他这样做。其实他不是为了我，而是为了"流亡者的汇合"，这就像犹太乘客要求空姐把她和自己锁在飞机厕所里时空姐对他说的。他接着主动向我道出在本地兴办圆珠笔头工厂的事情，他打算和杜比·维兹曼以及鞋店的皮尼·波佐合伙干，是真正开创性的，笔里面有个电子装置，要是你忘了把它放在哪儿了，只要吹声口哨它就会冲你唧唧叫，而且巴特希瓦给他们又找了个投资者——也许是奥维埃托，我要不要也加入？最多三年我们的钱就会翻两番，那已经很保守了，实际有可能两年半就能翻两番。

星期六，我开始给我的文件写一些提要。我从诺娅的一

---

① 欧洲国家摩尔多瓦的旧称。

个小册子里得知，在斯堪的纳维亚早就有了面向十八岁以下人群的住宿型戒毒中心，而且恰恰是在小城镇中，远离大都会，有成堆的证据证明他们很成功，甚至在社会和教育方面都挑战了以本地人生活为中心的理念，偶尔还造就出一个"康复社区的繁盛榜样"，一个有了使命感和地方自豪感的支持的氛围。在我看来，这个构想最适合泰勒科达的地方就是社会实验伴以学术研究，而不仅是又一处提供曲马多或者美沙酮这种毒品替代品的供给站。至于经济方面，我们当然不是斯堪的纳维亚，但从以色列中部的富有家庭的孩子开始是讲得通的，而且，正如我向诺娅建议的，纳入两三个当地的孩子也会很好，从贫困家庭里，象征性地收取一些费用。这样能在这里扫清一些道路，也许能提高我们的公众支持率。但当我让诺娅浏览一下这些要点时，她说，别给我看草案。现在别给我看任何东西。不只是现在，西奥。你看不出我想安静地听听音乐吗？帮我一个忙，把唱片从头放起，行吗？

有一瞬间我不禁想提醒她，她每个月还从奥维埃托那里，经过他的律师阿贝尔之手，收取三百元美元的支票。要是追问一下都用在哪儿了会很有趣，而且某一天很有可能有人问她究竟用那笔钱做了什么。现在她把一半时间都花在她的印第安公主身上，塔尔或是塔丽。我从办公室的窗户中可以看见她们同去发廊，看完午场电影从巴黎电影院出来，在加利福尼亚咖啡馆柱子后面的情侣座里窃窃私语。有时我站起来锁上办公室，在吉勒阿店里买一份《晚报》，自己也上加利福尼亚咖啡馆去。我不去找她们，而是在收银台旁边找一处观望点。没事儿的话，杜比·维兹曼几分钟后就会到，挺着将军肚，满身汗毛，大汗淋漓，穿着灰扑扑的凉鞋，总戴着一顶鸭舌帽，那帽子就像希腊船长帽，周边绕着金色的纽绳，前面有一个闪光的船锚。他坐下，给我们点冰可乐和一盘奶酪加橄榄，叹口气宣布：

一个赌场，西奥，只有那东西能拯救我们这儿，让泰勒科达不再当墓地。一个赌场能带来游客、度假者、姑娘们，大钱会源源涌来，文化也接踵而至。对我来说，你是知道的，赌场是个手段。文化，西奥，那才是目的。没有文化我们活在这儿就像动物一样。你别介意。要把这当成思想的食粮。

几天前他对我说：我每次去特拉维夫都注意到，这座城市离我们更近了一些。霍隆紧挨着里雄莱锡安，里雄正向阿什杜德蔓延，阿什杜德将与加特村相连。再有一百年，特拉维夫就到这儿了，它会在某个早晨五点钟时敲敲我们的门说，早上好，亲爱的朋友们，醒一醒，我来了，就是这样，流亡结束了。但现在我们困在这里，在山峦下。炸掉它们，这些山峦让人窒息。算了。我们下一盘棋。你会不会有时候觉得受够了，西奥？要把这当成思想的食粮。

路德米尔有时候会在广场上或是邮局外拦住我，发誓说他将竭尽全力与我欲图安在这里的蛆窝斗争到底，所多玛和蛾摩拉，他对自己由于一时糊涂而参加过委员会一事深感羞耻。他还警告我，仿佛出于怜悯，说"没有火哪有烟"。在厨房里，有几回我很想说几句能真的伤害她的话，就像打在脸上的耳光。比如说：告诉我，你真的见过吸毒上瘾的人么？哪怕一个？远远的？没准是透过望远镜？就像你爸爸，那个总是待在自家屋顶上他的轮椅里、用望远镜看世界的爸爸？实话告诉我，你能分辨出一个吸了毒的人和犯困的人或者有点智障的人之间的区别吗？你对这个项目的了解不比我对爱斯基摩化妆品的了解程度多，你怎么有胆量把它承担下来？而且还是一个从本质上来说，并没有真正让你感兴趣的项目？这是不是一个从屋里出去的借口而已？是不是只因为你厌倦了终日教授文学？是什么让你把整个城镇搅乱，等到真的应该挽起袖口干实事时，却决定玩别的游戏，让我在你后面收拾残局？

我忍住了。

没理由引发争吵。

特别是因为我也冷落了她。我和那个丈夫还有他爸爸共度时光，享受着腌鲱鱼和我已经习惯随身携带的伏特加。我大口吞下浓稠的俄国甜菜汤，饺子吃到撑。突然发觉自己在作调查报告，一段段分期进行，语言不通，就用哑剧和支离破碎的词汇，讲述犹太复国主义的努力、沼泽、地下活动、非法移民、英国人、纳粹、胜利、西墙、恩德培、西岸定居点。这两个人毫不惊讶地看着我，但也没显出什么兴致，他们并未停下大力的咀嚼，还偶尔爆发出我无法与自己的演说联系起来的狂笑。上次去的时候，我玩扑克时赢了他们五十谢克尔，他俩笑得上气不接下气，拍着自己的膝盖和我的后脖颈，捶打我的后背，几乎停不下来。不过每逢星期二，我还是会到加利福尼亚咖啡馆坐上几小时，和杜比·维兹曼下象棋，一如既往。我几乎每天下午都自己到废屋去走一走，尽管我不再拿着素描本和铅笔，仿佛我已失去了线索。

穆奇·佩莱格激动地打来电话，他成功地给我的两个俄国勇士争取来一个试用期，一个礼拜，跟着本·埃拉车库的雅克·本·卢露，那个圣人，他答应给一点工资，让他们露两手绝活儿，就像希腊女王对她的三个土耳其人说的那样。你不知道这个吧，西奥？好吧，我回头告诉你。你就记住一个土耳其人跟一个希腊女人有点类似路德米尔和采石场。重点是,告诉他们明天早上七点到那儿。你觉得我怎么样?难道不是化妆成乡村圣人的阿尔伯特·爱因斯坦吗?

我说:没人像你这样,马拉基。

穆奇道:幸好如此。

尽管有那些破瓦片、蜘蛛网和厚重的灰尘、缺失的窗户、断裂的柜橱、裂开或是被偷掉的洗手池和厕所的盥洗盆、沙风蹂躏下呻吟的屋顶、肮脏的注射器和沾血的棉毛片以及小便和干了的膏药贴的臭气,我还是渐渐开始确信这房子买得很值,它建得很实在。坚固而厚实,空间宽敞高大,墙壁厚实,所有房间都通向中央空间,也就是房子中间一个相当大的厅。这个中央空间幽暗而怡人,在最严酷的热浪里也能保持一丝微微的凉爽。它建造方式里的某些东西让我想起战前阿拉伯式或者美式房子,或是耶路撒冷的德国租界。拱窗的深度,走廊的弧度,铺路石板。大花园里密密地长着一打松树,它们的树干顺着南风弯向北方。那些树高过了瓦屋顶,树阴将房子围在中间。每一丝微风都会使树阴轻轻颤动。一股柔和的光线透过松针,背后响起低声轻语,一串变化无穷、光斑涟漪的阴影在墙上嬉戏。有时候,这种动静给你一种紧张感,好像有人在隔壁屋子里踮着脚走动。松树的外围,泻下来耀眼发热的夏季阳光,但花园和房子各自立于阴凉中,像是一块飞来的冬季之域。沉入他自己的海底,诺娅说,而阿弗拉翰·奥维埃托摸了摸窗槛,一言未发。

昨天早上六点钟,我往雪佛兰里装上一把铁锹、一把修枝大剪刀和一把锯,从本·埃拉车库借出我那两个俄国举重选手,我们花了七个小时把松树间的脏东西理了个干净,还修剪了树木。午后琳达和穆奇来的时候全都完工了,他们说自己刚刚听说我在修建这座围栏瞭望塔式的定居点,于是自愿赶来帮忙。我们甚至把我觉得太倾斜的树干都撑起来了。星期四的时候会来一个贝都因包工头,是杜比·维兹曼的一个朋友,来搭建新围栏并且装一扇熟铁门。

然后我要修建一下整个结构,让它适合新用途。

但它的用途是什么?我不再抱有清晰的概念。我也还没写完备忘录的草稿。我失掉了线索。

琳达出于自愿,仍然把我在办公室对她口述的信件打出来,然后发往各种机构。但理念变得越来越模糊,仿佛意义已然衰微。与此同时,我们吸引了暴烈的路德米尔的怒火,在本地报纸中他的专栏《野外来声》里,他称我为可疑分子。他将阿弗拉翰·奥维埃托的捐赠称为毁灭性武器贩子的脏钱。我本应让他们刊发一篇反驳文章,但想不出来该写什么。我再次丢掉了线索。至于奥维埃托,他消失了。他可能已经回尼日利亚去了，这一回似乎还带走了他的律师。款项仍然没有兑现，也许就从未存在过。不过纳塔利娅突然从加利利回到我们身边，怀着身孕而且比我记忆中还要漂亮。她带着无辜和疑虑的表情给我端来一杯很浓的热茶，不知为什么这让她丈夫和他父亲笑得喘不上气来，而这次，完全出乎我的意料，我也没能忍住，而她哭了。但我没介入，没有试图保护她或是安慰她，而是欲火缠身。不知为什么，这让我想起了听过的伦敦广播，关于阿尔玛·马勒的生活和爱。主持人要给听众讲述真实的她。我觉得"真实"这一说法非常滑稽，但我想不出用什么能替代。人们又怎么能知道呢？

我在一张纸上写道：家具。设备。冬季取暖问题。大锅饭还是单独供应？内部改造。管道工程。布线。下水。供水。屋顶。地砖。窗外装护栏？合适的柜橱。电话线。一个治疗室？一间教室？一个看电视和录像的地方？电脑？活动室？图书室？

这一切都在我们有一个真正的运作计划之前。但运作什么呢？又和谁一起？我心里落下了句号，像一阵季风雨。仿佛这座空楼自己就是终结。也许是坐下来和奥维埃托单独谈谈的时候了，试着一劳永逸地测出他的目标。在特拉维夫？或是也许在拉各斯？我也许很快就会飞去见他几天。背着她。

但不知为什么我还是躲着这个念头。我只要一设想我俩背着她见面，那幅图景就会在我心中激起恐怖和羞耻，仿佛我密谋欺骗她，仿佛我编织了一张谎言的网以便私会另一个女人。

于是我打电话给杜比·维兹曼，把那个贝都因包工头和工人暂时往后推一下。星期四太仓促了。就是下周也太早了。给不存在的东西周围加上围栏意义何在？围着一个梦想？尽管如此，我没有忘记她残疾的爸爸，多年坐在轮椅里待在他的屋顶，越来越重，像个败了阵的摔跤手，从他望远镜的镜片里追随着世界的变化。要是那个屋顶有适当的栏杆，老头现在可能还活着。推土机不会铲平村边的那所房子。收集的明信片不会捐给托尔斯泰式的农场。而她将仍在那里，不是在这儿，毫无疑问还在照看他，替他担忧，给他唱歌，喂他吃饭，扶他上床，一天五次给他换尿布。

签合同那天我在特拉维夫给她买的新裙子有个小缺陷：屁股后面不能很好地垂下来。无论如何我们应该让葆拉·奥莱芙把它改一改。不知何故，我一想到她的手指要碰这条裙子就很反感。我在想，那个印第安女孩塔尔是否从她母亲那儿学会了如何弄平腰线。或者借着什么奇迹，纳塔利娅，我那怀孕的处女会做针线活。

不过诺娅今天晚上穿裙子的时候没有注意到这个缺陷。

我们前往高尚住宅区的德莱兹纳大夫家去听新四重奏的私人音乐会。要出门的时候,我几乎想拦住她指出腰线不直。最终我决定一言不发,这样就不会迟到。不过也因为这几乎注意不到的缺陷有着某种让人愉快、令人感动的东西。而且很可能只有我一个人注意到它,如果它真的存在的话。不要紧,在诺娅注意到之前随它去吧。如果她没有注意,就不碍事。

他左膝裹了一个粗糙的弹力护膝带,那儿有一处老伤。午夜时分,我们从朱丽娅和利奥·德莱兹纳家的音乐之夜回到家后又开始疼了。夏天才刚过了一半,他已经接收到遥远冬季的信号。我让他坐进一把扶手椅,除下护膝带,试着用按摩来打散疼痛。他把手指搁在我肩头说,对,继续,起作用了。西奥,我说,这个膝盖有点热,比另一个热一些,你明天应该去一下保健站。急什么,他说,它时好时坏。

他站起来给我们泡了草药茶,关掉了顶灯。我们在厨房传过来的柔和光线里坐了一刻钟。窗子和阳台门开着,迎接着夜晚的微风。东边的山那边,传来狐狸模糊的呜咽声,自以为是的狗随即开始在房子周围嚎叫起来。我用温热的肥皂水清洗了弹力护膝带,确信沙漠的空气能让它在早晨干透。之后我冲了个淋浴,接着西奥也冲了澡,然后按各自的方式就寝。在我快要睡着、或是已经睡着了的时候,一个压低了的女性声音,压抑着小兴奋,从他房间传到我这里:伦敦的深夜新闻。

第二天,我和塔尔上巴黎电影院看了一个下午场的电影。电影是关于背叛和复仇的。之后我们在加利福尼亚咖啡馆喝着冰咖啡坐了一个半钟头。然后我带她去波佐的鞋店,因为我决定要给她买一双新凉鞋,带跟的。她有时候看起来就像个十岁的孩子,特别是从后面看她的时候。那个印第安公主,西奥说,你们整天都在谋划些什么,她没有同龄的朋友吗?

我们选了一双浅色的凉鞋,搭扣在侧面,呈蝴蝶形状。塔尔不让我付账但我坚持。

皮尼·波佐说:我也有特别适合你的。试试这双。没关系,就试试大小。

最后我给自己也买了一双新凉鞋。是奶油色平跟的,有编成麦穗状的带子。

过了一会儿,我们在广场上遇到西奥。他提出要请我们在加利福尼亚咖啡馆喝一杯冰咖啡。我们笑了起来说,太晚了,我们刚从那里出来。我问他觉得我们的新凉鞋怎么样。西奥耸耸肩,说,很好,棒极了。他眯起那只多疑的眼睛,就像个小气的农民:你们现在去哪儿?然后他又耸耸肩总结道,好吧,我抱歉,我没问。只是别忽略了你的数学考试,对数,其实什么时候我也可以帮你准备那个考试。我想我还记得一两样。回头见。

  他整天都干什么？他不像是得到了什么新项目。现在是夏天。他还有几项旧活儿要收尾。他每天早晨八点半开始办公，打开强光灯，坐到制图桌前，就在本·古里安坚定注视沙漠景致的照片下面，涂下几何图案。要么就站在窗前，注视广场上的生活。十点钟，他下楼到吉勃阿店里买报纸。然后绕着广场走一走，又回到他的办公室。不久前他告诉我，他主动帮他的清洁工解决了家庭问题：他给她的丈夫和公公找到一份临时工作。实际上，他所做的就是拿起电话，是穆奇·佩莱格安排了一切。我没有问细节，尽管我想知道，省得他觉得我在盯着他。

  上午，我在图书馆角落里正对着空调的桌子那里坐上一两个小时。而老图书馆员阿玛丽亚，在她的柜台后面打盹儿，干瘪，苍老，皱纹密布，她的嘴唇缩进嘴里，像是在挖苦我。她不时发出一声微弱的鼾声，醒过来，愁闷地瞄我一眼，然后下巴又垂下去，带着忍住痛苦的表情阖上眼睛。她以前是市政园林部门的主任，就是她种了一街的棕榈树，造就了创立者花园。她收养了一个贝都因孤儿，长大以后移民了。她和巴特希瓦吵了一架，然后提前退休了，得了糖尿病，年初的时候自动请缨来帮忙改造图书馆。但读者人数在下降。阿玛丽亚在整洁、照明充足的阅览室里摆放了几十盆精心照料的室内植物，它们长在装满细砂的水培花盆里，把肥料和矿泉水混在一起用实验用的试管滴头进行灌溉，这里仿佛已由图书馆变成了温室或是茂密的热带雨林，爬山虎和蕨类植物四下蔓延，在格架上爬进钻出，挤进书本中间，把霓虹灯转化成暗黑的植物汁液。然而除了我和一些退休人员以及几个怪异的年轻人之外，很少有人来。空荡荡的，大部分的上午都只有病怏怏的图书馆馆员和我自己。

这几周以来，有一格特别的书架专门为我保存了一些有关毒品、上瘾和治疗的书籍，这些书如今已经打散又放回它们原来的位置了。现在我得为新学期做准备了。但是急什么呢？除了比亚利克的诗歌之外，我还选了几本关于音乐家生平的书。也许是因为牙科医院的朱丽娅和利奥·德莱兹纳打电话要我参加一个委员会，帮助从俄国移民来的音乐家融入社会。还有创办小型音乐学校的计划，需要中学、工会和市政当局协同运作。有可能会把移民吸收局和文化局拉进计划里来。已经安排下周和巴特希瓦开一个会。我受托起草一封致古典音乐爱好者的信，看看谁能捐点钱。琳达自愿打出这封信，路德米尔和穆奇·佩莱格会分发五十份。

我坐在尽头那个靠窗角落里，穿了一条印花夏裙，浏览着书页，在这里或那里停下来读上两三页，勃拉姆斯对克拉拉·舒曼的奇特爱意、莫扎特的疾病和死亡，以及微胖羞涩的舒伯特——除了他母亲，别的女人是否爱过他很值得怀疑，他还称自己的创作是二流的和短命的。他只在公众音乐会上露过一次面，直到三十一岁死于斑疹伤寒。我的眼睛离开书页滑到成荫的植物上。我想起了父亲的明信片收藏。阿玛丽亚两眼空洞地盯着前方，很痛苦似的缩着身子。她的头发稀少而干枯，在霓虹灯下她的脸颊深陷仿佛尸体的脸。穆奇·佩莱格告诉我，五十年代在贝尔谢巴，她曾是沙漠选美皇后，她离了婚，再婚，分居，在葡萄酒节游行队列中穿着泳装在桶上跳舞，让所有男人回过头来，诱惑打井工人，与某个著名诗人同居。时光荏苒，病痛将她蹂躏，现在人们在她背后管她叫"巫婆"。

空调哼哼唧唧响了一下。从远处，沙雷特街的方向，传来挖路机沉重的轰响。尽管如此，阅览室里奇迹般地充满了幽深而绝对的寂静：当我翻书的时候，你能听到每一页发出的沙沙声。在垂下的窗帘外面，太阳无情地烘烤着。专横的光线笼罩着一切。山顶的光环在烤焦的沙尘中显得很模糊。在一本题为《谱成音乐的诗：从莫扎特到马勒的德国浪漫曲》的书中，我看到一首约瑟夫·冯·艾兴多夫[①]写的诗，题为

[①] 约瑟夫·冯·艾兴多夫（Joseph von Eichendoff, 1788—1875），德国诗人。

《月夜》,一八四〇年被舒曼谱了曲子:

> 微风轻抚田地
> 麦穗微微摇摆
> 林子柔声沙沙响
> 满是星空的夜晚
>
> 我的灵魂舒展
> 她的双翼张开
> 翱翔在寂静的地域
> 仿佛飞往家园

我合上书,胳膊放在桌子上掩住了脸。诺娅:没有火的烟。馆员阿玛丽亚走过来,朝我弯下身来,触了触我的肩头。她看上去像一只濒死的鸟儿,下巴上悬着一块晃荡的嗉囊似的东西,但她的声音温和而忧虑:你不舒服吗,诺娅?要我给你泡杯咖啡吗?

我说:没事。不用麻烦。已经好了。

她冲我咧嘴笑笑,没有嘴唇,骷髅的笑。我不得不提醒自己,这不是绝望之后嘲讽鄙夷的鬼脸,只是疾病和年老造成的脸颊干瘪。塔尔要参军了，阿弗拉翰将消失在非洲，西奥要关闭他的办公室，把自己昼夜交给伦敦的广播，时光如箭，夏天要结束，一年又一年，我将坐在她的位置上，在空荡荡的图书馆，那张桌子后面，图书馆会变成丛林，那些叶子终将吞噬一切。

与此同时，琳达和穆奇回来了，他们在萨费德附近度了个短假，晒得黑黑的，咯咯笑着。穆奇结束了他对我半戏谑的追逐。也许是他在那儿终于爱上了琳达，还是我开始丧失吸引他的那些东西？这个变化令我难过，尽管我从未喜欢过他的追求。我跟塔尔取笑了这件事，垃圾，诺娅，忘了吧，就是个小游戏，但你把头发剪得这么短还是很遗憾。以前，你的头发时而落到一边脸侧的时候，好看得多。

那她呢？她为什么决定把头发剪短？

因为她不再"满脑子关心那些事儿了"，她只想要和平和安宁，她和一个什么人两个月前才分手。一天早晨她醒来，觉得自己一直喜欢一个混蛋——"就像我们跟你学的《仲夏夜之梦》"。现在她只是对此厌倦了。她想把时间花在自己身上，至少在参军之前。要是这会儿能找到一份兼职工作就好了，比如在哪儿的办公室干上半天。脑袋空空只知道战斗侦察、汽车和摩托车的男孩子们都不喜欢她，而这里差不多只有这类货色。事实是，自从我们聊起来以后，她发现那种更成熟一些的男人才真有魅力。比较近似于那种懂得付出很多也想得到很多的人。就好像西奥，只是不要那么老，如果我不介意她这样说。她觉得西奥是内向而忧伤的人，她认为那是男人身上最美、最吸引人的。可是他身上还有一点冰冷和漠然，有那么一点儿，抱歉这么一直胡说八道。

我说：你瞧，塔尔，说起西奥，然后我停住了，尽管实际上我想不停地说啊说下去。

但不是现在，太仓促了。

我走出沙兹伯格的药店时，穆奇一把抓住我，店里还贴着去世的古斯塔夫·马尔莫莱克褪了色的讣告：听着，亲爱的。商量一下，你能在加利福尼亚咖啡馆跟我聊五分钟吗？琳达和我一起到梅隆山旅店度假时，第一天就倒在我身上。食物中毒，真格的。我省去细节。最开始时我想：完了，你可真陷在这里了，这就是你要的，哥们儿，不能作乐而是给她换尿片，跑去给她端热茶、煮土豆，到萨费德的药店给她拿药，给她洗内衣，因为显然她带的不够穿。但最后，你肯定大吃一惊，我竟然喜欢上这些了。也许我变成受虐狂了。我们也不是没出去玩儿，别误解我，她第三天的时候已经健壮得像头母虎了，而那时我就开始打击她的活力，如果你明白我的意思。只是，这很有趣，她病的时候我突然觉得离她很近。你对此作何解释？

那天晚上我把这些告诉西奥。我提醒他，他曾经答应带我去加利利。我们也去北边如何？去萨费德或是戈兰高地？赫尔蒙山？不开你那辆破雪佛兰。我们这次租辆车，轮着开。要不要带上塔尔？如果她想来的话？

西奥说：这是可行的。

但日复一日，他和我都没有提起北上旅行这个话题。

上周末我们去参加了巴特希瓦·迪努尔母亲的葬礼。她在睡眠中死去。她被葬在最后一区松树下的那一排，越过老伊利亚和伊曼纽尔·奥维埃托以及他的处女姑妈埃拉扎拉。书籍装订商卡什纳发表致辞，他提到在她病重以前数十年一直是吉瓦塔伊姆的工人子弟学校的历史老师和热心的教育工作者，而且还定期给《教育回声》投稿。他精细勾勒了她的晚年，巧用暗示，还把两首赞美诗各摘一半连了起来，说，莫在晚年抛弃我、莫夺去我之圣灵。他和祈祷者们的大部分话音都被低空盘旋的喷气机的轰鸣声吞没了，它们在灰扑扑的天空里互相追逐。

几天以后我们去巴特希瓦那里致哀。费了很大劲才挤进去。房子和花园里全是访客：她的孩子、孙辈、儿媳妇、姐夫妹夫、朋友、表亲。整个泰勒科达、附近的贝都因人，还有邻居们都从永远敞开的大门中拥了进来，像个盛大的婚礼。我不认识的女人掌管了厨房，往花园和各个房间里派送出一批批饮料。我们努力推开人群走向巴特希瓦，发现她坐在花园中她的皇位里，在无花果的树阴下，被一大群乱糟糟的亲戚朋友包围着。数量惊人的孩子在花园里跑动，喧嚣地互相追逐，但巴特希瓦看起来喜欢这种喧闹。一个熊一般、长雀斑的女人，坐在一张天鹅绒旧扶手椅里。她沉着地同时引领着四五个不同的谈话，在各个方向，有关道路、生育、政党政治、她母亲在斯摩棱斯克的童年、预算和菜谱。轮到我们表示哀悼的时候，她说：嗨，看看谁来了，我那对儿瘾君子，拉两把椅子，帮我拿一下蛋糕，你们一定得尝尝这个橄榄，一个好朋友今天给我带来的，从加利利，从代尔阿萨德。来，来这儿，诺瓦夫，过来一下，这不是橄榄，绝对喜出望外，橄榄的灵魂。要是妈妈尝上一口，她会一下子把整罐都吞下去。她就是对辣味的碎橄榄上瘾，再配上可口的奶酪和一杯葡萄酒。不管怎么说，我们应在人死之前搞这样的聚会，而不是在死后，这样他们就明白离开是多么愚蠢的想法——那样就会少死点人。顺便说一句，那个计划，前天阿弗拉翰给我打了个电话。真是个高贵、悲惨、迷人的男人，我已经爱上他了。你们不知道他也参与了解救叙利亚关押犯的行动吧？而且还帮着收集战时失踪士兵的信息？我们在电话里互相聊了半个小时，我想我已经成功地劝服他放弃瘾君子转向帮助学校电脑化了，那将是他对儿子的纪念。真遗憾我不认识那孩子，我本可以管住他阻止他自杀的。问题是你们困在了阿尔哈里奇老屋上，咽不下去又吐不出来。但是别担心，它会自行解决的，我想我有办法让你们甩开它又不会口袋空空。我们下周来谈这个事。不是那个奶酪，诺娅，西奥，先吃咸味的，我在罗什平纳的孙子亲手做的。那可不是一块奶酪，是一首交响乐。那个给我做奶酪的好孩子在哪儿呢？艾塔姆？叫他过来打个招呼。路德米尔来了，过来坐下，野外来声，坐地下吧，挺般配，不过你先得尝尝我的好朋友从代尔阿萨德带给我的这种橄榄。

阿尔哈里奇老屋的围栏修筑就这样被剔出了日程。也不会再有什么改建了。在那个姑姑原来的公寓里，开了一家叫"象牙"的新齿科诊所，但后来发现还是德莱兹纳和尼尔大夫：他们从西奥办公室旁边的老地方搬出来了。老卡什纳在上锁的店门外贴了一张告示："商铺出售"，都说他决定要离开泰勒科达，他没剩几个顾客了，所以他要离开，去盖代拉和女儿外孙们一起生活。不过别人说他是到那里的老人院去，他十年前给自己登了记，现在是时候了。

在艾什克尔街尽头，沉重的推土机从早上六点开始一直轰鸣到夜幕降临，卷起灰烟：他们终于要用一条往西弯的新路把它和本·兹维大道连起来。一大群乌鸦在灰烟上盘旋。在信号灯边的广场上，他们架设起柱子，要安装和大城市一样的、新的灯光系统。朱丽娅·德莱兹纳要召开"吸收入境移民音乐家公共委员会"的第一次会议。薇欧莱特和玛德琳，互为姑嫂的理发师，在扩建香榭丽舍发廊，今后会添一个高级美容院。创立者大厦里很快会开一家小吃店，他们很可能决定要在玻璃展柜中永久展出矿石。秋天时，信号灯边上会开一家乐器店。城里日新月异。西奥和我收到一封仑·阿贝尔律师的挂号信：考虑到反对势力和复杂状况，现决定将纪念计划暂缓六个月。同时探讨替代项目。奥维埃托先生会另行致信。计划并未搁置。至于双方之间待议的经济问题，将会以双方皆满意的方式尽快解决。相关各方将对已经改变的现状进行重新评估，并全面评估各种可行性以及替换方案，尽快形成一个综合意见。我们得到了热诚的致谢，感谢我们所做的一切。

与此同时，穆奇·佩莱格正在和贝尔谢巴的一个极正统派的团体接洽，他们迫切想要购买阿尔哈里奇老屋，给俄国移民的子女办一所教授犹太价值观的寄宿学校。他们愿意出我们购房时的成交价格。当然生意还没有最后敲定,穆奇解释道。目前,一切都还待议,我们不会与黑袍人讨价还价,除非最后非洲的"上帝"对他曾想在这里创造的项目反悔了、让我们这么上不着天、下不着地的悬着。就目前的事态状况而言,我们有点进退两难:屋子登记在基金会名下,钱是你出的,西奥,我们从阿弗拉翰那儿得到的只有口头承诺,倒是有一封他律师来的信,但我不清楚从法律角度来看它是否有价值。如果我们决定卖给那些圣教会的人,我一样不会从这笔买卖里提成,尽管我现在手头真的挺缺钱的,因为琳达和我正筹划着秋天去意大利开心地转一圈。你们俩干吗不也结婚?这样我们四个就能在罗马大肆狂欢,在那儿告诉他们dolce vita① 的真正含义。与牛奶和蜂蜜一起从提图斯凯旋门② 下漂过去③,如果你明白我的意思。实际上,摸着良心说,如果我们三个,我们四个,决定不放弃,不管三七二十一,我相信诊疗所就能建成,管它呢。要我对你说两句掏心话吗?

---

① 意大利语。意思为甜蜜的生活。
② 罗马最古老的凯旋门。为了纪念提图斯在公元70年战胜犹太人并掠夺了耶路撒冷而建。凯旋门上的雕塑描述了很多战利品,如小号、台灯等圣物。据说犹太人拒绝从下面经过,认为这是对耶路撒冷圣殿和圣物的亵渎。
③ 流着牛奶和蜂蜜之地是耶和华赐给犹太人的住地。

我们应该推进这个项目，我们应该为它而战，应该把城里搅翻天。这比宗教寄宿学校重要上千倍，他们用弥赛亚降临之类的东西毒害年轻人，却不帮助他们远离毒品。我们应该寻找投资人，或是捐款人。组织公众给巴特希瓦和官僚施加压力。绝不放弃。网罗些好人，这儿并不缺好人。要我再说句掏心话吗？我们真正的悲剧是，我们没有不顾一切想要做的事情。那是真正的灾难。当你不再急迫地想做些什么的时候，你就冷下来开始死亡。琳达是这么说的，我想我同意她的说法。我们得开始渴望点儿什么，用双手抓牢，这样人生就不会溜掉，如果你明白我的意思。否则一切都完了。

西奥说：这会儿先别卖。如果阿弗拉翰·奥维埃托退出，你的基金会能找到另一个买主。

什么买主？卖多少钱？

我。我们接受那个价格。

我晚上回家之后，西奥说，我对他那样说真是怪了。我不知道自己在想什么。我们喜欢那所房子，但我们能拿它干什么？诺娅，你明白吗？我可是一点都不明白自己从哪儿冒出那么个想法。

我说：等等，看吧。

星期六晚上七点钟，日光渐柔开始变蓝，这时我们想要去那里。呻吟的雪佛兰又打不着火了，于是我们步行，没有穿过信号灯旁的广场，而是走了一条弯路，沿着悬崖下面隔开禁区峡谷的土路。几丛黝黑的、被风吹乱的灌木在山顶上起伏，因为一阵强烈的南风时不时吹起，在周围扬满成千上万尖锐的沙粒，仿佛要随着雨水倾泻而下。狂风间歇地摇撼着山顶沿线的灌木，迫使它们弯曲，在痉挛的舞蹈中前倨后仰。穿透一切的沙粒刺透我们衣服下的皮肤，塞满头发，在齿间摩擦，直冲眼球，仿佛要把我们刺瞎。低沉的嚎叫时不时穿过空旷的原野，停住，接着又开始抽打折磨久经蹂躏的灌木。我们向南缓缓前行，仿佛拼力逆流而上。我们绕过公墓，从墓穴那里传来被风摇曳的松树发出的悲叹。这是个小小的新城，死者不多，几十个，也许上百，除了波佐的小孩以外，没有一个生于此地或与父母合葬。我爸爸和他的姐姐楚玛姑妈，葬在我出生的村庄边上疏于照料的公墓里，埋在黑暗柏树下的荨麻丛中。我妈妈应该在新西兰，那里冬天的时候这里是夏天，晚上的时候这里是白天，黑夜里雨水也许会滴落在她的墓上，而我不知其名的树木相互耳语然后住口。有一个星期六，我们去城北一处干涸的河床散步时遇到一处贝都因人的坟场，一个个灰石坟头，沙尘终会将其覆盖。这些可能是古老游牧民的遗骨，在贝都因人到来之前，他们就在这山峦和阳光中生活，然后死去。

走到通向采石场的路口时，我们走上了岩石间向西的小径。刚才风还直吹在我们脸上，现在则从左边袭来，将我们推向黑不见底的峡谷边缘。光线褪去，越来越昏暗，沙幕模糊了太阳，将其染成奇异的灰红色、略带一抹紫色光亮，它下落着，不久我们便可以直视它而不觉得晃眼。一片闪着微光的、夺命的大幕在西方铺开，像是燃烧的化学试剂。然后它落了下去，被平原的边缘吞没。

我们在最后一丝天光里走到了老屋。那儿有一股潮湿的酸味，尽管建筑四敞洞开任风吹。我们从一间屋摸到另一间，跨过一堆堆垃圾，然后觉得似乎看到面前有黑影闪过：余晖里，花园里被风抽动的树梢映在墙上的光影。但不是，这次我们看来真的打搅了一对不请自来的客人，一个女孩和一个男孩，影影绰绰，慢吞吞地，我们似乎把他们从熟睡中惊醒。他们盯了我们一会儿，仿佛我们是幽灵，然后从东边墙上一个窗框那里出去了，悄无声息地消失在黑暗的树木中。

西奥舒展开手指，触触我的后背：你瞧，诺娅，你得明白，那个男孩死了。我轻声回答道我知道。知道？那就说出来。为什么？说出来，诺娅，那样它就在你自己的声音里了。

我们站在那里，等天气变凉。

十点钟我们回到家。我们穿过城里，穿过早已空无一人的广场，风吹着破报纸和凌厉的沙粒抽打着广场。我把胳膊绕在他的宽皮带上，感受着旧皮革和汗水的味道。我们急忙关上所有的百叶窗和窗户，以防沙尘暴。西奥做了一个很棒的沙拉，衬着一个雕成玫瑰花蕾的小萝卜。他做了个煎蛋卷，还拿出切片面包和各式奶酪放在木餐板上。我泡了两杯草药茶。我们放上一张唱片，舒伯特的《降B大调弥撒曲》，我们在厨房坐到很晚。我们没有讲话。也许我们会租辆车去加利利旅游。我们要住在村里的旅店里，然后到约旦的发祥地附近、透过茂密的植物看日出。回来以后塔尔可以把她答应给我们的小猫拿来。西奥可以让她来办公室兼职负责归档，直到她去参军，同时他还可以帮她准备数学考试。我们要给她买一件漂亮的外套和裙子而非膝盖裂口的破烂牛仔裤。我想起这天晚上在老屋那里打搅了的黑影。他们可能去了黑暗笼罩的干涸河床，现在估计已经走到海耶纳山腹地了。他们也没准会暂避林间，要么就在我们离去后重新溜回来，眼下已经躺在残墙下的阴影中，头枕着腿，在寂静的梦中安详地睡着，远离他们自己，远离痛楚和悲伤，听着的南风猛吹，它时吹时寂，然后有一次沙沙作响，吹过老屋花园里弯曲松树的树顶、席卷全城、然后又来探一探我们关上了的百叶窗。

要是你留意，就能听到它呼啸穿过低矮的灌木。如果不，你不必去听。再过两周半暑假就结束了。心存善意的人到哪儿都能找到善意。今年我也许会同意做一名班主任。而现在，今晚，我要让他放下伦敦，因为我要冲一个澡，然后摸黑去找他。